Ich kann auch anders!
Das Nichtleserbuch

Dieses Buch widme ich Christel....denn wenn sie mir deswegen nicht ständig in den Allerwertesten getreten hätte, wäre es sicher nie entstanden und sie kommt ja auch recht häufig darin vor ... ob sie das nun will oder nicht!

Das heißt aber auch, dass Sie sich dann bitte gefälligst bei ihr beschweren, wenn Sie es für schlecht erachten!!!

EINLEITUNG

Dringend benötigt, bei all dem Durcheinander!

Jetzt ist es also soweit. Wir lernen uns kennen, ob wir nun wollen oder nicht! Das heißt, Sie wollen schon, sonst hätten Sie sich dieses Buch ja nicht gekauft, geklaut oder schenken lassen ... und ich habe ja leider keinen großen Einfluss darauf, wer mich liest ... oder besser das, was ich hier so mühsam zusammengetragen habe.

Durch dieses schriftstellerische Werk verbindet uns nun etwas ganz Besonderes – es ist ja für uns beide das berühmte erste Mal, für Sie das Lesen dieser Zeilen, für mich das sie Geschriebenzuhaben.

Ich würde gerne erst einmal erläutern, warum ich dieses Buch „Ich kann auch anders" genannt habe - Sie würden es mit der Zeit wahrscheinlich auch selbst herausfinden, da Sie augenscheinlich ein intellektuell weit über dem Durchschnitt stehender Mensch sind, was Sie ja durch den Erwerb dieser Seiten bereits bewiesen haben, aber so geht es schneller und das ist für ein Nichtleserbuch ein sehr wichtiges Kriterium.

Was ein Nichtleserbuch ist?

Ganz einfach: Ich hatte mir überlegt, ein Buch zu veröffentlichen, welches nur vorne und hinten so in etwa je 20 beschriebene Seiten hat und in der Mitte nichts!
Immerhin gibt es genug Menschen, die über die ersten zehn Seiten nie hinauskommen (10 weitere Seiten wären dann einfach als Sicherung mit eingebaut) und es dann ganz hinten aufschlagen, um zu sehen, wie es ausgeht! Gibt wirklich viele davon! Das sind die Nichtleser!!!
Also warum dann erst die Mühe machen, ca. 200 Seiten quasi umsonst zu schreiben? Wer dankt mir das denn letztendlich? Sie etwa?
Außerdem: Handlungsstränge, die über mehr als zwanzig Seiten aufrechterhalten und ausgebaut werden müssen, überfordern mich kolossal, machen mich müde und sind daher ein No Go.

Es geht einfach auch darum, dass ich mich nicht auf ein Genre festlege, sondern schlicht und ergreifend alles, nämlich Lustiges,

Trauriges, Spannendes, Ekliges, Gemeines, selbst Erlebtes, Erfundenes, Geschichten, Gedichte, Aphorismen, Gedankengänge und Gedankenlosigkeiten hier rein gepackt habe! Weil dies eben das Wesen dieses Buches ausmacht und weil es für mich auch viel zu mühsam wäre, z. B. einen Roman zu schreiben ...

Und da ich Sie ebenfalls für eine Schwester oder einen Bruder im Geiste der Faulheit halte, war es das dann auch schon mit der Einleitung. Suchen Sie sich einfach je nach Stimmung ein Kapitel aus und lassen Sie sich berieseln. So simpel kann das Leben sein!

Ach ja, noch etwas: dass ich ständig so viele ....Pünktchen mache, ist kein stilistisches Hilfsmittel um Sprech-, Gedanken-, oder andere Pausen anzudeuten, sondern eine geniale Methode, um Platz zu schinden!

Ach ja ... und was es mit Christel auf sich hat, erkläre ich im Nachwort. Gemein, oder? Ja, so bin ich!

Dieter Reinke

ICH KANN AUCH LUSTIG...

... denn eigentlich bin ich ein sehr humorvoller
Mensch – oder zumindest das, was ich dafür halte!
Seltsamerweise ist es aber ungleich schwieriger,
etwas Humorvolles zu schreiben,
als Dramen ... vielleicht deshalb, weil das Leben uns
eigentlich ständig mit
Katastrophen bombardiert ... oder diese uns einfach
besser im Gedächtnis bleiben?
Schauen Sie sich einfach mal heute Abend die
Tagesschau an und machen Sie eine
Strichliste, dann wissen Sie, was ich meine!

<u>Durchblick</u>

**ist eine wahre Geschichte, die fast genau so passiert ist, ehrlich!
Ist nur aus dramaturgischen Gründen etwas ausgefeilt und aufgepeppt worden.....!**

Eins vorweg: Ich bin nicht eitel! Definitiv nicht! Auch wenn meine beiden Schwestern behaupten, ich hätte als Heranwachsender mehr Zeit im Bad verbracht, als sie selber. Das mag unter Umständen stimmen, lag aber fast ausschließlich daran, dass ich sehr widerspenstige Haare hatte. Deswegen habe ich mich auch vor einiger Zeit von Ihnen getrennt (von den Haaren, nicht von den Schwestern!). In letzter Zeit versuchen sie sich aber vermehrt wieder an anderen Stellen einzuschleichen (Nase, Ohren) und verwandeln diese in latente Problemzonen. Aber das ist eine andere Geschichte....

Im Grunde geht es darum, dass die Frau meines Herzens und selbst ernannte Stilberaterin (Sweatshirts sind Bäh, außer von Armani entworfen und Dior gegengezeichnet) beschlossen hat, dass meine Brille (die ich seit einiger Zeit benötige, da meine Arme zum Lesen nicht mehr lang genug sind) nicht stylish genug ist, und zwar schon allein deswegen, weil ich sie mir selbst und ganz alleine ausgesucht habe.
Außerdem würde mich die Brille so unaußergewöhnlich aussehen lassen (ich weiß, das Wort gibt es nicht, trifft die Sache aber am besten!).
Nun begab es sich aber, dass ein großer Optikdiscounter, dessen Name an ein amerikanisches Raumfahrtprogramm erinnert, eine Anzeigenkampagne schaltete, in welcher er Gleitsichtkontaktlinsen nebst Anprobe, Aufbewahrungsbox und Reinigungsflüssigkeit für knapp unter 10,00 € feilbot. „Ä Schnäbbsche", wie meine pfälzische Allerliebste mir sofort versicherte ... (für alle Nichtpfälzer: günstige Gelegenheit, gutes Preis-/Leistungsverhältnis).

Also begab ich mich direkt und ohne Zögern zum lokalen Vertreter dieser Seh-Kette und erläuterte der diensteifrigen Filialleiterin mein Begehren. Nach dem Feststellen der Sehstärke wurden die kleinen optischen Meisterwerke, die mein Aussehen und somit mein Leben verändern sollten, bestellt und ich vorerst mit dem Hinweis entlassen, dass ich Bescheid bekäme, sobald sie fertig wären.
Prompt erhielt ich auch ein paar Tage später den erwarteten Anruf

und einen Termin, zu dem ich etwas Zeit mitbringen sollte....Wie wahr, wie wahr....! Frohen Mutes und voller Enthusiasmus durchschritt ich also pünktlich an jenem Schicksalstage die Tür zum Brillen - oder besser Linsenparadies und wurde direkt in ein kleines Separee geführt.

Ist Ihnen eigentlich schon einmal aufgefallen, dass das Personal in Optikerläden immer und ausnahmslos aus Brillenträgern besteht? Gehört das nun zur Berufskleidung, sind zumindest einige der Brillengläser also aus Fensterglas? Oder handelt es sich um eine Berufskrankheit, vielleicht etwas Psychosomatisches, dass man bekommt, wenn man ständig mit dem Leiden anderer konfrontiert wird? Allerdings hätte es mir schon zu denken geben sollen, dass keiner der Angestellten die viel gepriesenen Kontaktlinsen trug, nicht einmal jetzt, während dieser Werbewochen....! Aber egal, nachdem ich auf ein Schemelchen platziert worden war, öffnete die dienstfertige Optikerin die kleinen Behältnisse mit den Wunder-Halbkügelchen und erklärte mir, dass sie sich mit der Absicht trüge, diese vermittels ihres Zeigefingers auf meine Augen zu setzen. Das Einzige, was ich dabei zu tun hätte, wäre, eben diese offen zu halten und nicht zu zwinkern. Das tat ich dann auch, beziehungsweise nicht ... oder versuchte es zumindest! Aber irgendetwas in meinem Innersten war nicht so ganz damit einverstanden, sich von einer wildfremden Frau in den Augen herumbohren zu lassen....Wieder einmal konnte ich feststellen, mit welch großartigen Reflexen ich doch ausgestattet war! Egal, mit welcher Geschwindigkeit sich der drohende Zeigefinger meinem Auge näherte, es gelang mir immer, das nämliche noch rechtzeitig zu schließen. Aus irgendeinem Grund erschloss sich der Dame gegenüber diese Leistung aber scheinbar nicht so recht, denn es machten sich bei ihr bereits leichte Anzeichen von Ungehaltenheit bemerkbar, die sie nur mühsam durch ein etwas gequältes, aber noch professionelles Lächeln zu kaschieren versuchte! Dann aber, einen Moment der Unachtsamkeit nutzend, gelang es ihr doch, mir die kleine Halbschale ins linke Auge zu drücken, wo sie wie durch ein Wunder auch noch an der richtigen Stelle landete. „So, und nun noch die andere Seite....“Und scheinbar war das rechte Auge so perplex über das, was seinem linken Nachbarn passiert war, dass die Prozedur fast auf Anhieb klappte!

Okay, ich merkte, dass etwas in meinen Sehapparat gelangt war, was da offensichtlich nicht hingehörte, aber das Gefühl an sich war lange nicht so ätzend, wie ich es mir vorgestellt hatte.
Eigentlich sollte ich nun tränenblind und unter grässlichen Schmerzen, mit lang ausgestreckten Armen vor mich hin tastend und um Hilfe bettelnd durch die Gegend stolpern, aber dem war durchaus nicht so ...ICH KONNTE SEHEN!!!

Mit der Maßgabe, eine halbe Stunde zum Zwecke der Gewöhnung durch die Gegend zu laufen und mich dann noch einmal einzufinden, wurde ich erst einmal entlassen.

Stolz wie Oskar stolzierte ich durchs Einkaufscenter, um mittels eines triumphierenden und unbebrillten Blickes jedem kundzutun: „Seht her, ihr mittelmäßigen Brillenträger, die ihr mühselig und beladen seid durch eure Draht-, Kunststoff- und Titangestelle mit ihren vollentspiegelten Gläsern! Seht her und bestaunt jenen, der den Teufelskreis der Modediktatur durchbrochen hat, welche euch alljährlich die neuesten Modelle zu kaufen zwingt und der fortan sehend, aber auf eine wunder- und vor allem unsichtbare Weise, durchs Leben schreitet." Na ja, jedenfalls so ähnlich.

Pünktlich, wie es so meine Art ist, fand ich mich wieder bei meiner resoluten Wohltäterin ein. „So, nun üben wir das einmal. Nehmen Sie bitte beide Linsen einmal heraus und legen Sie sie in die kleinen Behälter!"
„Wer jetzt, ich?" „Ja natürlich, Sie müssen das ja künftig allmorgendlich selbst erledigen können!" „Ach! ... Na gut, wenn Sie meinen ...!"Ich setzte mich vor den großen, gut ausgeleuchteten Spiegel und blickte mir ins faltige Antlitz, schaute nach, ob vielleicht irgendwo ein neues Pickelchen vorwitzig hervorlugte, die Nasenhaare mal wieder gestutzt werden müssten (... sonst kommt das liebe Christelchen mit der bösen Pinzette!), oder was sich sonst

noch so Neues getan hatte, seit dem morgendlichen Rasiervorgang!

In mich selbst versunken bemerkte ich dann aber plötzlich, dass die junge Dame neben mir in leicht nervöse Zuckungen geriet und irgendwie von einem Bein aufs andere hampelte ...Ich wollte ihr schon vorschlagen, vielleicht erst einmal die Örtlichkeiten aufzusuchen, wollte auch gerne auf sie warten, als sie mit leicht ungehaltenem Unterton fragte, ob ich nicht vielleicht anfangen wollte, sie könnte es mir aber auch gerne noch einmal zeigen....

Entrüstet wies ich dieses Ansinnen zurück, da ich sehr wohl in der Lage sei, zu tun, was ein Mann eben manchmal tun muss! Mich ohne jede Nervosität auf die mir eigene Feinmotorik verlassend, spreizte ich mit der linken Hand die Lider meines linken Auges auseinander und näherte den Daumen und Zeigefinger meiner rechten dem nun weit geöffneten Auge ... um gleich darauf zu bemerken, dass es relativ schwierig ist, sich selbst zu überlisten! Das ist ungefähr so, als würde man mit sich selbst Schach spielen und jedes Mal, wenn man die Seiten wechselt, so tun, als wüsste man nicht, was man mit dem nächsten Zug beabsichtigte ...!

Ein kurzer Blick zur Seite zeigte mir eine junge Optikerin, die anscheinend kurz davor stand, ihre Contenance zu verlieren, was ich auf die allgemein bekannte Ungeduld der Jugend schob! ..."Soll ich vielleicht....?" „Kein Problem, junge Dame", bemerkte ich weltmännisch, „der rechte Augenblick kann nicht mehr weit sein, lassen Sie mich nur machen!"
Ich merkte nun aber doch, was auf dem Spiel stand, griff mir mit Todesverachtung ins Auge und hatte tatsächlich – oh Wunder - dieses kleine, feine und unscheinbare Etwas an meinem Zeigefinger kleben ...Was mich nun durchströmte, lässt sich wahrscheinlich nur mit dem Gefühl beschreiben, das denjenigen unserer Urahnen erfüllt hatte, dem es zum ersten Male gelungen war, selbst ein Feuer zu entfachen. „Sehen Sie", sagte ich - vielleicht mit einer winzigen, aber in dieser Situation auch angebrachten, Spur Arroganz - „alles im Griff!"
„Na dann", meinte sie etwas schnippisch, „dann setzen Sie sie mal

wieder ein."

Irgendetwas gefiel mir nicht an der Art, wie sie das sagte, aber ich ließ mir natürlich nichts anmerken! Was sollte jetzt denn noch passieren?

Lassen Sie es mich kurz machen, lassen Sie uns den Mantel des Vergessens über die schmachvolle Viertelstunde breiten! Lassen Sie uns schweigen von Blut, Schweiß und Tränen ... vielen Tränen! Lassen Sie uns glauben, ich hätte der nun gar nicht mehr so netten jungen Dame einfach erlaubt, ein letztes Mal Hand an mich zu legen, quasi um dem Servicegedanken genüge zu tun. Jedenfalls ging ich nun mit zwei Kontaktlinsen in meinen etwas geröteten, sich wie mit Sandpapier behandelt anfühlenden Augen nach Hause. Erschöpft aber glücklich!
In der Ruhe und Geborgenheit der eigenen vier Wände sieht alles gleich ganz anders aus ... dachte ich zumindest!

Oh ja, es gelang mir, an diesem Abend beide Linsen zu entfernen, in das jeweils richtige Schälchen zu verstauen und mit dem Reinigungselixier zu beträufeln. Doch die Tage, die folgten, ließen mich das erste Mal in meinem Leben an meiner Unfehlbarkeit zweifeln, den Sinn des Lebens infrage stellen und zwei heftig vergrößernde Schminkspiegel anschaffen, erst einen ohne, dann einen mit Licht!
Sie würden nicht glauben, wo sich die kleinen Linsen manchmal befanden, nachdem sie meinen verzweifelten Versuchen erfolgreich widerstanden hatten, dort zu landen, wo sie eigentlich hingehörten. Einmal glaubte ich es fast geschafft zu haben, nur um das kleine Ding dann irgendwo an meiner vorderen linken Backe kleben zu sehen (wäre es die hintere linke Backe gewesen, hätte ich es doch etwas übertrieben gefunden!)...Jedenfalls sah ich mich gezwungen, in Erwägung zu ziehen, den Linsendealer meines Vertrauens ein weiteres Mal aufzusuchen!

Ein munteres Liedchen pfeifend betrat ich also eines Morgens wiederum den freundlichen Laden. Aus den Augenwinkeln konnte ich

12

sehen, wie meine Lieblingsoptikerin kreidebleich in die Kaffeeküche flüchtete, wohl, weil sie bemerkt hatte, dass ich wieder meine Brille trug und wohl ahnte, was nun zwangsläufig auf sie zukommen würde!

Ein recht großer und kräftiger junger Mann kam auf mich zu, sicherlich extra dafür eingestellt, Problemfällen wie mir die Tür zu weisen, auch wenn er so tat, als wäre er dem normalen Verkaufspersonal zugehörig. Ich legte mir eine Nahkampftaktik zurecht, um meinen Rechten und seinen Pflichten den nötigen Nachdruck zu verleihen, aber er fragte mit angelernter Freundlichkeit lediglich nach meinem Begehr.

Ich hob den kleinen Doppelbehälter, welcher das Teufelswerk beinhaltete, ins Licht und stieß hervor: „Funktioniert nicht!"

„Das heißt, Sie kommen nicht damit zurecht? Möchten Sie, dass es Ihnen noch einmal jemand zeigt?" erwiderte er und ich meinte, einen leicht ironischen Unterton herauszuhören. „Ja!", sagte ich. „Jetzt!" „Dann gehen Sie doch bitte schon einmal ins Nebenzimmer, es kommt gleich jemand!"

In Erwartung meiner ungeduldigen Freundin setzte ich mich aufs Stühlchen, wurde aber angenehm durch eine sehr hübsche junge Frau überrascht, die höchste Kompetenz ausstrahlte. Schon allein durch ihr ansprechendes Äußeres!
Ich schilderte ihr alsbald mein Problem, worauf sie wissend lächeln eine Linse aus dem Behältnis nahm und mit den Worten: „Bitte einmal zur Seite schauen!" ohne Probleme in mein linkes Auge bugsierte. „Und das Rechte übernehmen Sie jetzt mal." „Jetzt bloß nicht blamieren, Junge! Das wäre jetzt wie offene Hose nach dem Toilettengang!"
Ruhig und gefasst setzte ich mir die Linse auf den Zeigefinger und schaffte tatsächlich das Unmögliche: Linse und Auge bildeten eine Einheit! Dumm nur, dass sich ein kleines Härchen zwischen die beiden gedrängt hatte und mich nun recht schmerzhaft an die Empfindlichkeit meines Sehapparats erinnerte!

13

„Das ist aber jetzt dumm!" meinte die Kleine mit kokettem Lächeln. „Da machen wir jetzt besser beide wieder raus, damit sich ihr Auge erholen kann und morgen früh setzen Sie sie wieder rein. Sie können's ja jetzt!"

Nie im Leben hätte ich ihr widersprochen!

Ich fuhr zu Christel, die an diesem Tage zu Hause war und schon sehr gespannt auf mich wartete, da sie mich ja nun noch nie mit den Linsen gesehen hatte. „Du hoscht jo immer noch die bled Brill uff!" bemerkte sie ganz richtig. Ich bemühte mich, ihr den Sachverhalt zu erklären, konnte aber ihrem skeptischen Gesichtsausdruck entnehmen, dass sie insgeheim einen Sabotageversuch meinerseits vermutete.

Am nächsten Morgen begann dann das Drama von Neuem. Die Dinger landeten wieder überall, nur nicht in den Augen!
Dann, im Augenblick tiefster Depression, die sich mit unkontrollierten Wutausbrüchen, Weinkrämpfen und hasserfüllten Flüchen abwechselte, überkam mich plötzlich eine unerklärlich Ruhe, so wie im Auge eines Wirbelsturms. Ich schraubte die kleinen Döschen zu, legte sie in meinen Spiegelschrank und schloss die Tür.

Habe ich Ihnen eigentlich schon erzählt, dass ich eine wunderschöne Brille mein eigen nenne? Sehr modisch, fast unsichtbar und mit Bügeln in Dark-Magenta? Und das Beste ist: Ich habe sie mir ganz alleine ausgesucht! Sie verleiht mir so eine gewisses Etwas, geheimnis- und auch ein wenig würdevoll....!

DUMM GELAUFEN

Auch dieser Schwank aus meiner Jugend ist fast genau so abgelaufen...!
Das Leben schreibt sowieso die besten Geschichten, oder?

Irgendwie finde ich das dauernde Gehämmere gegen die Tür jetzt doch langsam lästig. Schließlich bin ich ja nicht freiwillig in diese blöde Lage gekommen...jedenfalls nicht unmittelbar. Gut, man könnte den Aggressoren, die da vehement und von wilden Unmutsäußerungen begleitet, Einlass begehren, zugutehalten, dass dies die Damentoilette einer voll besetzten Disco ist, in der ich nicht einmal temporär, geschweige denn als Dauergast Existenzberechtigung habe, aber ungewöhnliche Ereignisse erfordern eben ab und zu ungewöhnliche Maßnahmen.

Schauplatz des Dramas ist das Tanzstudio Knöller in Ludwigshafen, es ist ein später Sonntagnachmittag des Jahres 1974 und ich bin 18 Jahre alt. So weit, so gut. Sonntagnachmittags findet hier immer Disco statt, um das in den Tanzstunden gelernte in der Praxis zu vertiefen und sich auch im Umgang mit dem jeweils anderen Geschlecht zu üben. Ich gehöre seit über zwei Jahren praktisch zum Inventar, weil mir sowohl das Eine, als auch das Andere extrem viel Freude bereitet.
Als ich vorhin mit meinem Freund Peter, genannt Sösel, hier aufgeschlagen bin, war soweit noch alles in Ordnung. Wenn man es denn in Ordnung findet, dass ich eigentlich auch gerade im etwa 100m entfernten Haus der Jugend bin, b.z.w. sein sollte, wo an den Sonntagen ebenfalls diese in den 70er Jahren so beliebten Aufreißorgien stattfanden.

Was das HDJ für mich an diesem Tag so attraktiv machte, war der Umstand, dass dort Sandra auf mich wartete, die ich gerade ein paar Tage zuvor kennengelernt hatte. Sie werden sich jetzt sicher fragen, was ich dann hier bei Knöller mache? Ganz einfach, hier befindet sich meine Freundin Heike. Ja, ich weiß, nicht gerade die feine englische Art, aber ich bin 18!!! Und es gibt noch so viel zu tun! Da lassen sich eben ab und an Überschneidungen nicht vermeiden...(auf ihr Moralgeschwätz kann ich übrigens gut verzichten...sie waren vielleicht ja nie 18...).
Egal, jedenfalls ermöglichte mir die räumliche Nähe der beiden Etablissements dieses riskante Manöver...jedenfalls eine Weile...!

16

Sösel und ich waren zuerst im Haus der Jugend gewesen, hatten dort meine Neuerwerbung begrüßt und uns dann -unter dem Vorwand, dort Sösels Freundin treffen zu müssen - kurzzeitig zum Knöller abgesetzt, wo Heike bereits auf mich wartete...Die bekam die gleiche Story verpasst und so konnten wir zwei, drei Mal hin und her pendeln, ohne allzu viel Argwohn zu erregen...!

Eine Unbekannte in dieser Kalkulation hatte ich allerdings sträflich vernachlässigt, nämlich den unfehlbaren weiblichen Radar, der immer dann anschlägt, wenn Gefahr in Gestalt von Konkurrenz aus dem eigenen Lager am Horizont erscheint.
Und so begab es sich, dass ich mich gerade im Tanzstudio aufhielt und in Richtung Toiletten steuerte, während Sösel sich mit Heike an die Bar stellte, als – wie ich aus den Augenwinkeln wahrnehmen könnte – die Außentür aufging und Sandra herein kam!
Als sehr erstaunlich empfinde ich es heute, dass mir außer dem Wunsch, sofort ganz wo anders sein zu wollen, damals als Erstes auffiel, wie unterschiedlich die beiden Mädels doch waren. Heike war erst 15, von eher knabenhafter Statur und dunkelhaarig, Sandra ein üppig geformtes 17-jähriges Vollweib mit feuerroter Mähne! Was beide gemeinsam hatten, war ihre individuelle Schönheit und ihr guter Geschmack, was Männer betraf (ja, ich weiß! Aber ich war damals ganz ansehnlich, ich hatte sogar noch Haare!).
Doch zurück zum Geschehen. Sandra konnte mich noch nicht sehen, weil ich sofort hinter ein paar Leuten in Deckung gegangen war, aber das würde sich sofort ändern, sobald sie den inneren Eingangsbereich betreten hatte. Für mich blieb jetzt erst einmal nur die Flucht in die Keramikabteilung, um mich erst einmal zu sammeln und strategische Überlegungen in Angriff nehmen zu können! Das Unangenehme war nur, dass die Herrentoilette besetzt war!
Doch in diesem Moment ging die Tür zur Damentoilette auf und ich nahm die Örtlichkeit sofort durch einen eleganten Hechtsprung in Beschlag. Bevor ich die Tür vor den verdutzten Mädels schloss, die eigentlich schon länger auf das Freiwerden der Toilette gewartet hatten, konnte ich noch sehen, wie Sandra – natürlich – schnurstracks auf Sösel und damit auch auf Heike zusteuerte, die sie - ebenso natürlich – nicht kannte!

Es ist nun eigentlich nicht etwa so, dass ich besonders feige bin, aber ich kann Überlebenschancen recht realistisch einschätzen...und meine standen im Falle einer Entdeckung denkbar schlecht!

Das also ist die Ausgangssituation...und seitdem hämmern hier ständig Scharen von jungen Damen gegen die Tür, denen der Ernst meiner Lage selbstverständlich nicht bewusst ist und selbst wenn, wahrscheinlich herzlich egal wäre.
Ich muss mich gerade sehr zurückhalten, um nicht die Tür kurz zu öffnen, um wenigstens einen Blick auf den Kriegsschauplatz da draußen zu werfen...irgendwie kann ich ja auch nicht ewig hier drin bleiben! „Wer sch...denn da so lange?", ruft irgend so ein hysterisches Weibsbild nicht gerade sehr ladylike in diesem Moment und ich weiß nun, dass irgendwie ein Plan her muss...aber obwohl ich eigentlich ein ziemlich ausgekochter Hund bin, fällt mir nicht das Geringste ein.
Es hämmert wieder gegen die Tür, dieses Mal noch etwas stärker und ich höre die Stimme Peter Knöllers, den man wohl alarmiert hat und der sich nun mit halb besorgter und halb ärgerlicher Stimme erkundigt, ob alles in Ordnung sei.
Okay, das war's dann wohl.
Ich öffne die Tür und stolziere festen Schrittes und möglichst unbeteiligten Blickes an den Wartenden, die mich recht fassungslos anblicken, vorbei und raune Peter Knöller ein „keine Fragen bitte!" entgegen...Da wir uns schon recht lange kennen und er daher ahnt, dass wohl etwas Außergewöhnliches vorgefallen sein musste, grinst er nur und entspricht meinem Wunsch.

Ich habe nun also freie Sicht auf die Bar und sehe dort zwei mir wohlbekannte junge Damen einträchtig ins Gespräch vertieft und einen Sösel, den das alles nicht nur völlig kalt lässt, sondern der sich auch noch königlich zu amüsieren scheint....den Drecksack und Vaterlandsverräter! Damit nicht genug, macht er die Mädels jetzt auch noch auf mich aufmerksam und ich fühle plötzlich, wie ich ziemlich klein und schrumpelig werde, aber trotzdem mannhaft meine Weg ins Verderben fortsetze.
„Ach das ist ja nett", höre ich mich sagen, da habt ihr euch ja schon

18

kennengelernt..."
Sandra schaut mich aus wunderschönen grünen Augen, die mir im Moment allerdings eher wie zwei scharfe Waffensysteme vorkommen, an und meint: Tja, nachdem du ja ständig abgehauen bist, wollte ich doch mal nach dem Rechten schauen...!"
„Also, wenn ich mal eben kurz erklären dürfte..." starte ich einen dilettantischen Versuch, werde aber von Heike unterbrochen. „Ach, das musst du nicht! Wir haben gerade beschlossen, dass wir UNS ganz sympathisch finden und du ein ziemlicher Dreckarsch bist...und deshalb darfst du dir jetzt hier gerne wieder irgendeine andere Blöde suchen ...du bist nämlich seit etwa 5 Minuten wieder solo!" Sprach's, hakte sich bei Sandra unter und die beiden verließen hoch erhobenen Hauptes die Stätte meiner Schande!

Ich stand da wie ein begossener Pudel, war aber eigentlich noch ganz froh, dass das Ganze ohne bleibende Schäden an Leib und Leben für mich ausgegangen war und sah Sösel an. Der griente immer noch, zuckte die Achseln und meinte: „Sorry, konnte nix machen...!"Dann bestellte er zwei Asbach-Cola, dann noch zwei und dann kam Peter Knöller dazu, der die Szene beobachtet hatte und nun aufgeklärt werden wollte...und wir tranken und diskutierten über das Leben an und für sich und die Mädels im Besonderen...und irgendwie waren solche Dinge damals einfach nicht so tragisch....!

Bliebe noch zu bemerken, dass ich Sandra nie wieder gesehen habe, nicht einmal zufällig irgendwo und dass mich mit Heike, die kurz darauf mit einem anderen meiner Freunde zusammen ging - und den dann auch irgendwann geheiratet hat - trotz allem immer noch eine herzliche Freundschaft verbindet.

<u>Veränderungen</u>

**Die gab es sicher genug in meinem Leben....auch
diese Geschichte ist wahr!**

Noch drei Haltestellen bis zur Endstation, wo ich aussteigen muss....
Betonung auf muss, weil ich hier gar nicht hingehöre! Was für eine
Schnapsidee von meinen Eltern, in diesem Kaff ein Haus zu bauen.
Wer will schon in Maudach wohnen, ich jedenfalls nicht. Bin damals
nicht mal aus dem Auto ausgestiegen, als Papi uns freudestrahlend
den Bauplatz zeigen wollte. Drecksloch! Ich will zurück nach
Mundenheim, wo alle meine Kumpels wohnen, sind doch alles Affen
hier.

Okay, Wolfgang, der neben mir sitzt, ist ganz in Ordnung. Ein Jahr
jünger als ich, glaube ich, also 13. Wohnt schon sein ganzes Leben
hier, die arme Sau! Aber – er musste nicht tausendmal umziehen, so
wie gewisse andere Leute.... War allein in 3 verschiedenen
Grundschulen, jedes Mal Letzter in der Hierarchie, jedes Mal wieder
hoch kämpfen, muss man ja komisch bei werden. Hab auch `ne Zeit
lang irgendwelche Pillen schlucken müssen, jetzt aber nicht mehr....

Jedenfalls geht mir alles tierisch auf die Nerven hier. Brauch´ alleine
`ne Dreiviertelstunde bis in die Schule, zweimal umsteigen.

Meine Geschwister finden das eigentlich ganz cool hier, Tina haut
sowieso bald ab nach dem Abi, Bine ist erst 7 und Stephan scheißt
noch in die Windeln...
Gut, so 'n Haus hat ja auch seine Vorteile, obwohl es noch gar nicht
ganz fertig ist! Mussten aber trotzdem schon umziehen, wegen der
Kohle...Wenn die sich da mal nicht übernommen haben....Egal, nicht
mein Problem, höchstens wegen der Taschengeldhöhe!

Noch zwei Stationen. Mutti nervt auch schon die ganze Zeit rum, ich
soll endlich zum Pfarrer gehen, mich anmelden in Sachen
Konfirmandenunterricht. Präparandenunterricht hatte ich noch in
Mundenheim. Okay, hab ich bisschen schleifen lassen. Ist mir aber
egal, interessiert mich sowieso nicht, der ganze Mist. Glaub´ ich eh
nicht dran, an den Schwachsinn mit Gott und so.... Wenn Konfi, dann
nur wegen der Geschenke.
Kann jetzt auch nicht mehr mit dem Rad zum Training fahren, zu weit
bis zum Stadion! Alles mit dem Bus! Aber wenigstens da sehe ich

noch meine alten Kumpels, ist aber nicht mehr so wie vorher. Komisch, wie schnell so was geht.

Moment mal, was geht da vorne denn ab? Ich krieg die Krise, wo ist die denn eingestiegen? Dieter, mein Junge, du wirst unaufmerksam, definitiv! Ich glaub´s ja nicht! Und so was in diesem Mistkaff. Wenn die jetzt aussteigen muss, wohnt die ja fast in Griffweite. O. K. Gott, du kriegst noch mal eine Chance, also versau´s nicht. Hast den Himmel aufgemacht und extra für mich einen Engel raus gelassen, was? Glückwunsch, gute Arbeit! Mann, ich krieg echt die Krise, die guckt her...! Cool Mann, schön cool bleiben! Bloß kein Interesse zeigen! Scheiße, geht nicht. Ich glaub´ mir entgleisen gerade sämtliche Gesichtszüge.

„Mann hör auf zu sabbern, ist ja widerlich!" Wolfgang neben mir hat aufgehört zu dösen und wagt es, in so einem Augenblick das Wort an mich zu richten. „Das ist Marianne, wohnt da vorne in dem Eckhaus. Kommt auch immer abends auf die Schulwiese, aber nie lange. Hat nämlich ätzend strenge Eltern. Vielleicht kommst du ja jetzt auch mal?"
Schulwiese. Abends. Ich. Ja logisch, wann ist eigentlich Abend? Wieso nicht jetzt? Wozu soll der Rest des Tages gut sein?

„Die ist übrigens ungefähr dein Jahrgang und bei den diesjährigen Konfirmanden dabei. Du bist doch auch evangelisch, oder?"
Ja klar bin ich evangelisch! Ich bin so was von evangelisch! Muss sofort Mutti fragen, wo der komische Pfarrer wohnt. Unterricht ist glaub´ ich dienstags. Ist heute Dienstag? Wieso ist heute nicht Dienstag? Sie steigt aus. Haltestelle Silgestrasse.

Blöder Name, aber ab heute meine absolute Lieblingshaltestelle.

Jetzt läuft sie gleich an meinem Fenster vorbei. Achtung...gleich....ja! Sieh hat hochgeschaut! Definitiv hochgeschaut und gelächelt, jedenfalls mit den Mundwinkeln gezuckt. Aber hochgeschaut hat sie, das heißt, sie hat sich gemerkt, wo ich sitze! Sie liebt mich, ganz klar. Spontaner Anfall von sich in Dieter verlieben. Gute Sache!

Gleich muss ich raus. Endhaltestelle Maudach. Eigentlich gar nicht so übel hier. Ausbaufähig. Marianne.

Ich bin angekommen!

Die Apfelsaft-Connection

Ist Ihnen eigentlich schon mal aufgefallen, dass man sich in unserer Gesellschaft schon fast entschuldigen, zumindest aber erklären muss, wenn man keinen Alkohol trinkt? Man kommt sich da schon so etwas wie ein Außenseiter vor.
Ich trinke gerne Apfelsaft...und das brachte mich auf die Idee zu dieser Story im Stile Raymond Chandlers....

Die Stadt, Ludwigshafen, dieser Moloch aus Verbrechen, schnellem Geld, Drogen, Inzucht, Helmut Kohl, Korruption (also noch mal Helmut Kohl), käuflicher Liebe, einer unverständlichen Sprache und Daniela Katzenberger. Dies ist eine der Geschichten, wie sie sich tagtäglich hier abspielen...vom Teufel ausgedacht, geschrieben vom Schicksal und zu Papier gebracht von einer der Ratten, die hier ihr Leben fristen, von mir eben!

Ich war schon immer der Meinung, dass ein Morgen nicht mit lauten Geräuschen wie Weckerläuten, Telefonklingeln, verbalen Weckrufen, Schütteln oder Ähnlichem beginnen sollte. Bestenfalls ein sanfter Kuss wäre akzeptabel, aber eigentlich ziehe ich es vor, dass mein Körper selbst entscheiden kann, wann er sich mit der Realität konfrontiert sehen möchte.
In diesem Fall war es ein penetrantes Hämmern gegen meine Wohnungstür, welches meinem Schönheitsschlaf ein abruptes Ende bereitete. Es bereitete mir einige Mühe, meinen athletischen Körper in die Senkrechte zu hieven, was sicherlich in erster Linie an der unchristlichen Zeit, aber auch an der Kürze meiner Nachtruhe lag.

Ich warf mir einen Bademantel über, schlurfte zur Tür, blickte durch den Spion und sah erst einmal gar nichts, bemerkte dann aber, dass ich meine Augen noch geschlossen hatte und dass es nicht unbedingt einfach war, sie zu öffnen. „Mach auf, Schnüffler!", hörte ich eine mir wohlbekannte weibliche Stimme rufen, öffnete versuchsweise das rechte Auge und konnte nun undeutlich zwei Gestalten erkennen, die meinen Hausflur bevölkerten.

„Na toll", dachte ich, „Lena und Kopper...und das schon vor dem Frühstück...versauter kann ein Tag gar nicht anfangen!" Lena Odenthal und ihr Partner Kopper waren Beamte der Ludwigshafener Kripo...und Ex-Kollegen von mir...aus einer Zeit, in der mein Leben wenigstens noch einigermaßen in geregelten Bahnen verlaufen war...! Ich überlegte, ob ich die beiden einfach ignorieren sollte, aber andererseits konnte ihr Besuch auch wieder einmal etwas Futter für mein gähnend leeres Konto bedeuten...die Zeiten waren hart für einen abgehalfterten Privatschnüffler!

Ich öffnete die Wohnungstür und ließ die beiden herein..Lena gab mir im Vorbeigehen einen flüchtigen Kuss...eine kleine Reminiszenz an eine bessere Zeit...die – wie so vieles in meinem Leben – unwiederbringlich verloren war. Der dicke Kopper würdigte mich keines Blickes...wohl wissend, dass er nie haben durfte, was ich einmal gehabt hatte...

Lena und ich hatten uns schon damals auf der Polizeischule kennengelernt...waren dann zufällig beide in Ludwigshafen gelandet und Partner geworden...beruflich und privat. Sie war schon immer die Ehrgeizigere von uns beiden gewesen...sehr straight und gewissenhaft...ich war eher der Intuitive, handelte aus meinen Instinkten heraus, wenn auch nicht immer richtig...

Irgendwie hatte es dann aber doch nicht geklappt mit uns...meine Schuld! Ich war irgendwann, bedingt durch den Stress und die tägliche Gefahr an die schlimmste Droge unserer Zeit geraten...an den Stoff, der so leicht zu kriegen war und dessen Gefährlichkeit man zu spät erkannt hatte: Apfelsaft. Erst hier und da mal ein Gläschen zum Entspannen, dann etwas mehr...manchmal eben auch schon tagsüber...und dann war ich voll drauf!
Natürlich bemerkte Lena, mit der ich ja praktisch Tag und Nacht zusammen war, die Veränderungen, die automatisch mit Apfelsaft-Abusus einhergingen...auch die Apfelfahne konnte ich irgendwann nicht mehr kaschieren...sie flehte mich an, eine Therapie zu machen, verbannte alles, was irgendwie nach Apfelsaft aussah aus unserer Wohnung und achtete darauf, dass nur noch Wein, Bier, Schnaps und Ähnliches gekauft wurde...aber es war sinnlos: Der Teufel Apfelsaft ließ mich nicht mehr aus seine Fängen! Das Gefährliche an diesem Zeug war einfach, dass man immer nüchtern blieb, soviel man auch davon trank!
Ich fing dann an, meinen Dienst zu vernachlässigen, machte Fehler, die nicht nur mich, sondern auch sie in Gefahr brachten...aber sie

verließ mich trotzdem erst, als sie herausfand, dass ich sie – nach etlichen Gläsern Apfelsaft pur – mit ihrer eigenen Katze betrogen hatte. Sie warf mich aus der Wohnung und ich quittierte meinen Dienst...natürlich! Wie hätte ich auch weiter mit ihr zusammen arbeiten sollen?

Ich war dann Privatdetektiv geworden und Lena lesbisch...Eine logische Folge, welcher Mann hätte mich auch ersetzen sollen? Kopper, dieser halbitalienische Motherfucker vielleicht? Aber irgendwie war dies dann wohl auch nicht so ihr Ding und Gerüchten zufolge trieb sie es nun selbst mit ihrer Katze.

Sie arbeitete jetzt im Drogendezernat und versuchte, irgendwie die Stadt am Laufen und die Dinge im Gleichgewicht zu halten.

Deutschland und vor allem unsere Region waren schon von jeher Anbau- und Umschlagplatz der gefährlichsten Apfelsorten gewesen...streng bewachte Plantagen gewissenloser Bauern...speziell gezüchtet für die Saftproduktion...und die korrupte Regierung drückte oft genug beide Augen zu, weil jeder mitkassierte!

„Na ihr Süßen," brach ich das Schweigen, „was verschafft mir die frühe Ehre des Besuchs der Elitepolizisten Ludwigshafens?"

Kopper wollte irgendetwas Beleidigendes erwidern, wie das eben so seine Art war – zumindest mir gegenüber – aber Lena kam ihm zuvor.

„Um es kurz zu machen, wir wollen dir einen Job anbieten...und wir wissen, dass du wohl kaum in der Lage bist, unser Angebot abzulehnen...!"
Wieder einmal eine dieser süffisanten Anspielungen auf meine finanziellen Status, der mir in der Tat wenig Entscheidungsspielraum ließ, die aber - wenn wir alleine gewesen wären – wohl nicht so hart ausgefallen wäre...schließlich gab es ja doch noch den einen oder anderen Fetzen Gefühl, der uns verband.
„Liebste Lena, wie du weißt, fällt es mir wahnsinnig schwer, dir

etwas abzuschlagen...aber was Arbeit und verwandte Gebiete betrifft, bin ich doch etwas zurückhaltend, wie du weißt!!"

Sie sah mich an, ernst, aber mit dieser Mischung aus Zuneigung und Bedauern, die von der einst so großen Liebe übrig geblieben war.
„Hör zu...es ist bekannt, dass du trotz aller Bemühungen immer noch am Apfel hängst! Wir wollen nun endlich zum entscheidenden Schlag gegen die üblen Figuren ausholen, die die Verteilung steuern..., und zwar die von ganz oben...die Bosse der Bosse. Im Gegenzug bieten wir dir einen professionellen Entzug, eine neue Identität und eine lebenslange Rente...pünktlich bezahlt von Vater Staat in einer Stadt deiner Wahl...deine Chance auf ein geregeltes Leben...oder überhaupt ein Leben...denn, wenn ich mich hier so umschaue, ist es damit ja nicht so weit her!
Kopper, dieser Sohn einer ligurischen Bergziege und eines Maulesels, grinste blöde und fuhr sich mit einer seiner Kohlenschaufeln durch die immer fettigen Haare. „Tja Schnüffler, musst nur das machen, was du am Besten kannst...ein Bisschen im Dreck wühlen!" Ich widerstand dem Drang, ihm mit einem gezielten Tritt die Nase zu brechen und sah Lena an.

„Also Schätzelein, lass hören! Wem soll ich auf die Füße treten?"
„Der Plan ist, dass du über deinen persönlichen Dealer versuchst, an die Kapos heranzukommen. Du sollst vorgeben, selbst in die Distribution einsteigen zu wollen...dürfte dir mit deinem...Renommee nicht allzu schwer fallen...Sorry! Das Geld dafür besorgst du dir an deinem persönlichen Glückstag im Kasino in Bad Dürkheim...wir werden dafür sorgen, dass das funktioniert und glaubwürdig rüber kommt! Das Problem ist nur, dass wir nicht viel Zeit haben...irgendetwas Großes bahnt sich an...ein Zusammenschluss der bedeutendsten Apfelzüchter Europas...unter deutscher Führung und mit Zentrale in Ludwigshafen...sollte ihnen das gelingen, wäre es uns fast unmöglich, noch irgendetwas zu unternehmen! "

Ich pfiff leise durch die Zähne. „Ganz schön happig, Baby! Das kann heftigst ins Auge gehen...und dann leider auch noch in meines! Wie lange habe ich Bedenkzeit?" „Etwa zwanzig Sekunden", meinte sie mit dem unschuldigsten Gesicht der Welt! „Nein, im Ernst, wir müssen das sofort wissen, die Zeit drängt! Wenn du schon nicht der Stadt oder der Polizei helfen willst, dann tu es mir zuliebe...um der alten Zeiten willen...!"

Ich sah ihr in die schönen Augen! „Okay, Baby, um der alten Zeiten willen. Erzähl mir mehr!"

Als die beiden gegangen waren, rekapitulierte ich das Ganze noch einmal.
Fakt war, dass sich die führenden europäischen Apfelsaftkartelle unter Führung eines noch unbekannten deutschen Obermuftis zusammen schließen wollten. Ein einziger riesiger Apfelsaftkrake würde dann Europa mit seinen Fangarmen in den Würgegriff nehmen und so mächtig werden, dass er schließlich die ganze Welt in Abhängigkeit stürzen konnte....Ich mochte mir das Horrorszenario gar nicht ausmalen...unschuldige Schulkinder, denen auf dem Schulhof schon heimlich Apfelsaft verkauft würde...Hausfrauen, die schon morgens zum Glas griffen...überall in den Straßen wanken völlig nüchterne Menschen mit rosigen Gesichtszügen einer trostlosen Zukunft entgegen...Nein! Dem galt es Einhalt zu gebieten...und ich war der richtige Mann dafür. Eine der vielen Randfiguren der Gesellschaft, von allen schon abgeschrieben, aber mit einem letzten Aufbäumen der verkümmerten Vernunft fähig, die Gesellschaft vor einem Apfelsaft-Armageddon zu bewahren.

Ich sollte mich – unter dem Vorwand eine größere Charge abnehmen zu wollen – mit dem Capo der Maxdorf-Connection – treffen, um herauszufinden, wann das Ganze stattfinden sollte...und der Ludwigshafener Kripo den Zugriff auf alle führenden europäischen Häupter zu ermöglichen...ein einziger vernichtender Schlag, von dem sich die Banden nur schwerlich würden erholen

können!
Und das nötige Kleingeld dafür sollte ich mir durch einen fingierten
Gewinn in der Bad Dürkheimer Spielbank besorgen. Das hatte die
Kripo so eingefädelt, da meine notorische Knappheit am schnöden
Mammon stadtbekannt war...und auch, dass ich einem kleinen
Spielchen nicht abgeneigt war!

Ergo schnallte ich mir den Kulturstrick um den Hals, schnappte mir
mein Jackett und die 5.000,00 € Startkapital, die mir Lena – natürlich
gegen Quittung – da gelassen hatte, stieg in den alten Ford und
düste in das Las Vegas der Pfalz, in welchem, unter dem
Deckmäntelchen einer biederen Kurstadt, die Spielhöllen-Mafia ihren
dunklen Geschäften nach ging.

Natürlich war ich nicht das erste Mal hier, in besseren Tagen hatte
ich ganze Nächte in diesem Etablissement zugebracht...mit
wechselndem Erfolg. Aber seit ich – gelinde ausgedrückt – keine
geregelten Einkünfte mehr hatte, waren die Besuche seltener
geworden.

Ich ging zur Kasse, wechselte die ganze Summe in Chips und ging
zu den Roulettetischen. Für den großen Coup, den wir hier
inszenieren wollten, kam natürlich nur der Off-Limit-Tisch
infrage...schließlich sollte es ja keine stundenlange Aktion werden,
sondern ein spektakulärer Burner, der in den einschlägigen Kreisen
für Aufsehen sorgte....Mithilfe eines manipulierten Tisches, gedeckt
durch die Kasinoleitung und bezahlt von der Landesregierung! Geile
Sache irgendwie, auch wenn die Kohle dann natürlich nicht mir
gehören würde.
Der Plan war, erst einmal mit kleineren Einsätzen entsprechend
geringe Gewinne einzufahren, um dann in zwei, drei schnellen
Schritten richtig abzusahnen.

Manfred, der Croupier, nickte mir zu. Aufgrund der frühen Stunde
war ich an diesem Tisch der einzige Spieler...das war auch nötig,
weil sich natürlich bei der Glückssträhne eines Spielers immer
Andere mit einklinken und das hätte teuer für die Spielbank werden

können. Die kleineren Tische waren aber schon – wenn auch spärlich – besetzt.

Los ging's mit einfachen Chancen, Rot oder Schwarz, Pair oder Impair und die Jetons vor mir wurden mal mehr und mal weniger...dann spielte ich ein paar Zahlenkombis und ließ die Türmchen vor mir etwas schneller anwachsen...ich wartete aber weiterhin auf ein verabredetes Zeichen von Manfred für die finalen Schläge. Die Spannung stieg und ich trank zwischendurch ein paar Whisky, obwohl mir eigentlich der Sinn nach etwas Stärkerem stand, ein Apfelsaft oder zumindest eine Apfelschorle, aber in so einer Situation konnte ich es mir natürlich nicht leisten, abrupt nüchtern zu werden....

Dann kam das Zeichen! Manfred bohrte sich dezent mit dem kleinen Finger in der Nase! Sofort nahm ich 2.000 € und setzte alles auf die 26...., die natürlich auch kam! 70.000 € wechselten den Besitzer! Jetzt kam es drauf an, nicht auszuflippen...ich nahm die Chips und schob dann alles auf die 6! Und gewann wieder...natürlich! Ein simpler magnetischer Trick, den viele Kasinos, besonders die weniger legalen, seit ewigen Zeiten anwenden, um ihre Verluste zu minimieren, auch wenn eben heute der Plan das Gegenteil bewirken sollte!

Ich besaß nun rund 250.000 €, von denen ich den üblichen Anteil für die Angestellten über den Tisch schob, stand auf, stopfte mir die Taschen voll und ging beschwingten Schrittes zur Kasse, um Plastik gegen Bares einzutauschen! Hinter dem Kassierer stand der Direktor der Spielbank und nickte mir zu. „Ich gratuliere mein Herr, aber hoffentlich wird das nicht zur Gewohnheit!" Ich grinste ihn an, sackte die Kohle ein und ging hinaus in die klare Nacht der alten Kurstadt. Eigentlich stand mir jetzt der Sinn noch nach ein paar Vergnügungen der galanten Art, aber es gab noch so vieles zu tun, wofür noch reichlich Vorbereitungen getroffen werden mussten!

Zuhause angekommen, griff ich zum Telefon und rief Harry an. Harry war ein alter Freund – jedenfalls früher mal gewesen - und einer der vielen Kleindealer in Diensten des Maxdörfer Kartells, eines der größten hier in der Gegend. Er war zwar zu einer ziemlichen Ratte verkommen, aber er hatte seine Rattenaugen und -Ohren überall...und wenn einer etwas wusste, dann er. Außerdem war er mir noch einen sehr großen Gefallen schuldig, weil ich während meiner Zeit als Bulle des Öfteren eine schützende Hand über ihn gehalten hatte. Und er versorgte mich selbst ab und an mit dem Stoff. Denn obwohl ich die Sache schon ganz gut im Griff hatte, überkam mich doch manchmal, wenn ich alleine in meiner Bude darüber sinnierte, was in meinem Leben alles schief gegangen war, der Drang nach einem Gläschen. Ich hatte mir irgendwann angewöhnt, die Wirkung mit etwas Whisky abzudämpfen und das klappte ganz gut!

„Harry, altes Frettchen, wie ist die Lage?" „Ach Gottchen, der Schnüffler! Was gibt es denn so Dringendes, du Ex-Bulle, dass du mich bei dringenden Geschäften störst. Brauchst du wieder eine Lieferung oder willst du nur die leeren Flaschen abgeben?"

„Eine Lieferung schon, aber nicht in von dir und nicht in den üblichen Kleinmengen...Von dir brauche ich nur einen großen Gefallen...den du mir mindestens 100-fach schuldig bist!"
„Ich wusste, dass du mir irgendwann mit dem alten Kram kommen würdest...also, wen soll ich für dich umnieten?"

„Niemanden, mein Alter, besorg mir einfach nur ein Date bei deinem Chef!" „Das wird aber nicht einfach sein, mein Freund...normalerweise beschäftigt er sich nicht mit solch kleinen Fischen wie dir! Da musst du mir schon einen triftigen Grund mitgeben!"
„Wäre eine Investition von rund 230 Riesen etwas, was dem nahekäme?" Harry pfiff durch die Zähne. „Wo willst du denn soviel Kohle hernehmen?", meinte er dann ironisch, „hab gar nichts von einem Bankraub gehört!"
„Hab einfach mal wieder ein bisschen Glück gehabt, Compadre. Spielbank Bad Dürkheim, ein ruhiger Tisch und das richtige Gefühl für die Zahlen....Jedenfalls möchte ich damit jetzt noch ein wenig

mehr als die banküblichen Zinsen raus schlagen...Als einmalige Aktion, aber dann richtig! Und keine Angst, ich will dir nicht auf Dauer dein Revier abgraben. Ich mache wieder rüber nach Südamerika...da kann man damit noch richtig Reibach machen. Ein Container reiner Stoff bringt da etwa das Vierfache wie hier! Und damit setze ich mich dann endgültig zur Ruhe!"

„Kaum zu glauben, klingt fast ein Bisschen zu schön, um wahr zu sein, Alter...aber ich will sehen, was ich für dich tun kann. Warte auf einen Anruf!"

Ich legte auf, grinste mir einen, gönnte mir einen winzigen Schluck vom Besten, naturtrüb, der reinste Stoff, den es für Geld zu kaufen gab, und legte mich aufs Bett. Der Köder war gelegt, jetzt hieß es abwarten, ob der Fisch auch anbeißen würde!

––––––––––––––––

Am nächsten Morgen rief ich Lena an, erstattete Bericht und versprach, mich sofort wieder zu melden, wenn es etwas Neues gab! Dann tätigte ich ein paar Einkäufe....musste meine Garderobe etwas aufrüsten...als erfolgreicher Geschäftsmann, der ich nun werden wollte, konnte ich ja nicht in Sack und Asche auftreten.

Am frühen Nachmittag kam dann der erwartete Anruf. „Er will dich sehen. Heute Abend noch. Hat zwar nur kurz Zeit, aber deine Pläne interessieren ihn. 20:00 pünktlich. Maxdorf, alte Lagerhalle. Damit sind wir jetzt quitt, Schnüffler, versau's nicht!"

Abermals trat ich mit Lena in Kontakt. „Schön, Großer", meinte sie zufrieden. „Scheint ja, als hättest du die Sache im Griff! Versuche einfach irgendwie, Ort und Zeitpunkt der Zusammenkunft heraus zu bekommen...den Rest machen wir! Ach ja....und pass schön auf das Geld auf, mein Süßer." „A apropos Süßer...möchtest du dir nicht auch mal wieder was Süßes gönnen? Hätte da so gewisse Ideen, Kleines..." „Danke nein, ich will mir ja nicht schon wieder den Magen verderben," lachte sie und legte auf!"

––––––––––––––––

Gegen Abend warf ich mich in die neue Garderobe und mein Spiegel beantwortete mir die Frage nach dem schönsten Mann im Lande erwartungsgemäß zufriedenstellend.

Ich stieg in den Ford und fuhr über den Highway 650 gen Maxdorf. Der Ort, in dem so viele krumme Geschäfte abgewickelt wurden, lag fast idyllisch im letzten Licht des frühherbstlichen Abends. Kaum zu glauben, dass hier soviel Leid in Form von schier unendlichen Apfelbaumreihen beheimatet war.....

Als ich zu der alten Lagerhalle kam, standen nur Harrys BMW und die schwere Mercedeslimousine des Apfelbarons davor...es war wohl nur ein Treffen im kleinen Kreis anberaumt!
Ich parkte neben Harrys Karre und ging hinein. Hugo Elwetritsch, der Mann, den ich treffen wollte, der Selfmade-Obergauner, der nach und nach alle anderen Apfelbauern aus seinem Dunstkreis gedrängt hatte, saß zwischen mehreren großen Körben voll des teuflischen Obstes auf einem bequemen Sessel und sah mir interessiert entgegen. Harry stand schräg hinter ihm und flüsterte ihm gerade etwas ins Ohr, was Hugo mit einem kurzen Kopfnicken quittierte.

An den Wänden der großen Halle standen riesige Behälter, gefüllt mit einer trüben Flüssigkeit....Apfelsaft! Hugo musste schon mächtig einflussreiche Freunde haben, dass er seine Geschäfte so ungeniert in aller Öffentlichkeit erledigen konnte..aber es war ja ein offenes Geheimnis, dass einige hochrangige Würdenträger der Stadt ihre Hand schützend über ihn hielten...und die Polizei an der kurzen Leine!

„Schau an, schau an, wen haben wir denn da....der ehemalige Hüter von Gesetz und Ordnung ist hinabgestiegen in unsere Niederungen und gibt uns die Ehre...! Na da bin ich ja gespannt!

„Hugo, Hugo, du wirst auch immer hässlicher," konterte ich mit der mir eigenen Schlagfertigkeit, „ich kann mich dir vielleicht räumlich nähern, aber so tief sinken wie du wahrscheinlich nicht!"
„Oh, da habe ich aber von Harry anderes gehört, mein Bester...oder

war das nur ein Trick von dir, weil du Sehnsucht nach mir hattest?"
„Sagen wir mal so....ich bin jetzt Geschäftsmann, und wenn man ins
Apfelgeschäft einsteigen will, muss man eben auch manchmal
Maden wie dich in Kauf nehmen, mit Verlaub gesagt...!"
„Ich mag deine liebenswerte Art, Schnüffler...aber ich wäre trotzdem
etwas vorsichtiger...du willst schließlich etwas von mir, wenn ich mich
nicht irre!"

„Nicht unbedingt, gibt schließlich auch noch andere Kollegen, die ein
bisschen Geld machen wollen...." „Ach ja, hab schon gehört...du
sollst ja an ein wenig Flüssiges gekommen sein...hast wohl das
unverschämte Glück des Untüchtigen gehabt...auch wenn mir das
Ganze etwas komisch vorkommt! Aber egal.....sag, was du willst!"
„Ganz einfach: Saft vom Feinsten für 230.000 Ocken, kein
Verschnitt, keine Mätzchen, keine Fragen. Lieferung in
Leihcontainern noch diesen Monat, Hafen Mannheim,
Zahlungstermin nach Absprache."

Hugo pfiff leise durch die Zähne! „230 Riesen...du gehst aufs Ganze,
oder? Das mag ich! Natürlich brauche ich ein paar Tage...! Hör zu,
Ex-Cop, ich mag dich! Und um dir das zu zeigen, lade ich dich zu
einer kleinen intimen Feier mit ein paar Geschäftsfreunden ein. Sei
übermorgen Abend gegen 20:00 wieder hier. Ich möchte dich ein
paar echt guten Leuten vorstellen, die dir sicher den einen oder
anderen guten Tipp geben können!"
„Das hört sich gut für mich an!" Ich stand auf und wollte gehen. „Ach
noch was.....bring das Geld mit!" warf er mir noch nach und grinste
übers ganze Gesicht, als hätte er einen Wahnsinnswitz gemacht!
Ich hob grüßend die Hand und verließ die gastliche Stätte.

Der erste Teil des Plans hatte scheinbar geklappt!

––––––––––––––

Natürlich rief ich auch gleich im Präsidium an, um Lena das Erlebte
zu erzählen und die weitere Vorgehensweise zu besprechen, aber

sie war leider mit einer Vernehmung beschäftigt, sodass ich mich mit dem dicken Kopper auseinandersetzen musste.

„Also, du Sohn einer sizilianischen Hafennutte und eines rotärschigen Pavians," begrüßte ich ihn freundlich, „wie sollen wir weiter vorgehen? Übermorgen scheint hier die haute volée, der Apfelsaftmafia auf der Matte zu stehen und ich rolle mit einem Koffer voll Geld dort an...mehr flagranti geht eigentlich kaum, oder? Was also ist der Plan...wenn ihr einen haben solltet?"

Ich wusste natürlich, dass Kopper in Sachen Mama sehr empfindlich reagierte und dass mein Hinweis auf ihre frühere berufliche Tätigkeit und seine mutmaßlich Abstammung wohl nicht ohne körperlich Schäden für mich abgegangen wäre, hätte ich ich in seiner Reichweite befunden. So musste er sich nun aber vorerst mit einigen unflätigen italienischen Flüchen und Androhungen brachialer Gewalt begnügen, was ihm sichtliches Unbehagen bereitete.

„Schnüffler...irgendwann treffe ich dich mal irgendwo alleine im Dunkeln..und dann drehe ich dich auf links, verlass dich drauf!" „Du und wie viele deiner Affenbrüder?" setzte ich noch einen drauf, aber er ging nicht mehr drauf ein.

„Also, hör zu!" meinte er dann erstaunlich sachlich, „ wir können natürlich nicht mit einem Riesenaufgebot da auftauchen...auf dem platten Land hören die ja sofort die Flöhe husten. Wir können das Gelände auch nicht im Vorfeld besetzen, so früh wird es ja auch nicht dunkel! Du fährst also zuerst hin und versuchst die Sache etwas hin zu ziehen...sagen wir, dass du die Geldübergabe irgendwie auf 20:30 hinbiegst! Und genau dann kommen wir ins Spiel und schlagen zu. Ich denke, ich muss selbst dir nicht sagen, dass du die vorhergehende Konversation aufzuzeichnen hast...! Wir brauchen dieses Mal eine lückenlose Beweiskette!" „Aber selbstredend, mein großer pelziger Freund", antwortete ich, „richte doch Lena aus, dass sie mich noch einmal vorher kontaktiert...mir ist wohler, wenn ich noch einmal mit ihr gesprochen habe!" „Na aber selbstverständlich, für dich tue ich doch alles!" versicherte er mir wenig glaubhaft und legte auf!

Ich überlegte, ob ich mir noch etwas Apfelsaft pur hinter die Binde schütten sollte, beließ es aber dann doch bei einem kleinen Whisky, ich wollte schließlich die nächsten Tage fit sein, um es nicht zu versauen und ging wieder relativ früh in die Koje.

Die nächsten beiden Tage verbrachte ich mit technischen Vorbereitungen, überprüfte mein Equipment und versuchte noch ein paar Mal, Lena zu erreichen, die ich aber weder auf ihrem Dienstapparat, noch auf ihrem Handy kriegen konnte. Seltsamerweise wusste scheinbar auch im Präsidium niemand, wo sie war..! Äußerst merkwürdig....und den blöden Kopper wollte ich nicht schon wieder an der Strippe haben! Wobei ich mich jetzt aber natürlich darauf verlassen musste, dass der hässliche Halbitaliener alles im Griff und richtig eingefädelt hatte. Sonst könnte die Geschichte ziemlich hässlich werden!

So gegen 19:30 stieg ich in meine Karre und fuhr los. Ich wollte selbstredend pünktlich sein, denn alles hing von der peinlich genauen Einhaltung des Zeitplans ab.
Als ich mich dem ländlichen Anwesen näherte, stieg auch langsam die Anspannung...ich bin zwar eine coole Sau, aber das war eine andere Hausnummer, als alles, was ich vorher schon einmal durchgezogen hatte.
Kurz vor der Halle, in der ich Hugo vor zwei Tagen schon einmal getroffen hatte, machte ich die Lichter aus, um mich nicht schon zu früh bei meinen Gastgebern anzukündigen. Eine Menge luxuriöser Leihwagen standen in der Nähe des leicht geöffneten Tores herum...anscheinend war die ganze Corona bereits eingetroffen ...natürlich nicht explizit wegen mir – denn trotz der Summe, die ich zu investieren bereit war, würde ich sicherlich nicht der Star des Abends sein – aber diese Vollständigkeit war ja wichtig für das Gelingen des Planes.
Ich beschloss, meinen Wagen nicht zu den anderen zu stellen, sondern ihn an der Längsseite zu parken...sicher war sicher, falls doch irgendetwas schief gehen sollte, würde mir das einen kleinen Vorteil hinsichtlich des Rückzugs bringen! Dann überprüfte ich noch einmal den Sitz meiner Mikro-Aufzeichnungsanlage, die direkt auf

meinem Körper befestigt war, schnappte die Tasche mit dem Kleinvermögen vom Rücksitz und ging mit festen Schritten und voller Hose auf den Lichtschein zu, der nach außen drang.

Stimmengewirr in fast allen gängigen europäischen Sprachen drang mir entgegen...anscheinend redeten alle durcheinander und hatten sich noch nicht auf eine gemeinsame Sprachbasis geeignet.
Ich trat ein.
„Aaah, unser Ehrengast!" rief Hugo, der wieder auf seinem Sessel thronte und mich voll im Blick hatte. Fast augenblicklich erstarben alle Gespräche und ca. 30 Augenpaare drehten sich wie auf Kommando zu mir um.

„Schau an, schau an", rief ich in die lustige Runde, wenn hier nicht so ca. 1000 Jahre potenzieller Knastaufenthalt versammelt sind. Ich wollte möglichst selbstsicher wirken und konnte mir den kleinen Scherz nicht verkneifen, vor allem auch, weil mich die meisten der Anwesenden sowieso nicht verstanden.

„Tritt näher, mein Freund und Geschäftspartner!" Hugo war die Freundlichkeit selber, stand sogar auf und kam zu mir. „Soll ich dir tragen helfen?" fragte er mit Blick auf die Tasche. „Ach, lass stecken, Hugo, siehst schon etwas klapprig aus...will nicht, dass du dir einen Bruch hebst," grinste ich zurück!

Hugo zog mich sozusagen ins Rampenlicht und rief die Runde auf Englisch zur Ruhe, der Sprache, auf der sich nun alle folgenden Konversationen abspielten. Er erklärte kurz noch einmal allen Anwesenden den Grund meines Hierseins, garniert mit dem üblichen Blabla, ich versuchte weiterhin so selbstsicher, wie möglich, gute Mine zu allem zu machen und den zukünftig erfolgreichen Geschäftsmann zu mimen.....und die Minuten verrannen! „Alles schön und gut, Hugo, aber nun lass uns mal zum Wesentlichen kommen, ich habe meine Zeit nicht geklaut und außerdem gehe ich immer früh zu Bett!" versuchte ich die Sache zu akzelerieren. „Gerne, gerne...auch ich liebe schnelle Abwicklungen." Er klatschte in die Hände und einer seiner Gorillas, die überall herumstanden, brachte eine Flasche mit goldgelber Flüssigkeit, aber ohne irgendwelche Etiketten oder anderer Kennzeichnungen und ein Glas.

Vorsichtig schüttete er ein wenig von dem Stoff hinein und reichte es mir... „Das Beste, was auf dem Markt ist...2011er einheimische Ernte, unverschnitten...probier selbst! Ich nahm das Glas vorsichtig und nippte daran. Der pure Stoff tat fast augenblicklich seine ernüchternde Wirkung...ein unglaublicher Flash. „Wow..!" konnte ich mich nicht zurückhalten auszurufen. „Und davon zwei Containerchen voll...Glückwunsch!" Ich hob die linke Hand mit der Tasche langsam an und konnte dabei einen Blick auf meine Armbanduhr werfen....es war exakt 20:29...! „Tja, das gehört dann ja wohl dir...Partner", sagte ich zu Hugo, händigte ihm das Geld aus und dachte: „Jetzt wäre **der** Zeitpunkt, Lenalein, lass mich nicht hängen!"

Hugo nahm die Tasche und just in diesem Moment kam Kopper hinter ihm und einem der Apfelsaftfässer hervor...und mit ihm unsere Oberbürgermeisterin und der Polizeipräsident....aber sonst niemand. Keine schwer bewaffnete Sondereinheit....und vor allem keine Lena!

„Nicht die Truppe, die du erwartet hattest, gelle? Der abgewichste Oberschnüffler ist jetzt wohl doch etwas erstaunt....!" Die neu Angekommenen und die ganze andere Bande brach in gellendes Gelächter aus. Hugo kam ganz nahe an mich heran, sodass ich seinem fürchterlichen Mundgeruch ausgesetzt war.
„Hast du wirklich gedacht, du könntest einfach hier so rein spazieren und uns ans Bein pissen, du Wicht...oder dass hier in der Gegend irgendetwas zu bewerkstelligen wäre, von dem ich keinen Wind bekomme? Ich habe Leute auf meiner Lohnliste, da würdest du nicht mal im Apfelsafttraum drauf kommen...!"Mir drehte sich alles...teilweise wahrscheinlich von dem ungewohnten Stoff und teilweise von der plötzlich einsetzenden Erkenntnis. „Kopper, du Drecksack, stieß ich zwischen den Zähnen hervor...was hast du mit Lena gemacht? Erzähl mir nicht, dass ihr sie auch umgedreht habt!"
Die Oberbürgermeisterin ergriff an seiner Statt das Wort.
„Kommissarin Odenthal war tatsächlich ein kleines Problem, daher wurde sie kurzfristig mit einer wichtigen externen Aufgabe

betreut..der Herr Polizeipräsident war so freundlich. Sie müssen das verstehen...hier geht es um Interessen in einer Dimension, die Sie sich nicht einmal in Ihren kühnsten Träumen ausmalen können...unsere Region – in Person von Herrn Elwetritsch - wird den Welthandel mit Apfelsaft kontrollieren! Und ein großer Teil des Geldes wird in die Taschen der Kommune fließen...dafür steht die ganze Sache unter unserem Schutz. Allen wir es gut gehen...!"

„Außer dir, fürchte ich!" meldete sich Kopper plötzlich zu Wort, „du weißt jetzt ein Bisschen zu viel!" Irgendwie wurde mir jetzt etwas warm, trotz der frühherbstlich kühlen Temperaturen...zwei der Gorillas, die sich mir unmerklich genähert hatten, ergriffen mich und an nennenswerte Gegenwehr war nicht zu denken...So beschränkte ich mich auf einige gotteslästerliche Flüche und halbherzigen Attacken auf die erreichbaren Schienbeine, was mir aber auch keinen zählbaren Erfolg bescherte.
Man fesselte mir Arme und Beine, brachte mich zu einem der riesigen Apfelsaftbottiche und Kopper klinkte den Haken eines Flaschenzuges in meine Fußfessel ein. „Scheiße", dachte ich, „die wollen dich im Apfelsaft ersäufen!" Ich wurde langsam und kopfunter nach oben gezogen und schwebte nun über dem geöffneten Bottich mit der goldgelben Brühe. „Hast la vista, Baby!" Kopper grinste wie ein Honigkuchenpferd. Für ihn war das wie Weihnachten und Ostern zusammen. „Du warst noch nie besonders originell, Halbaffe," stieß ich hervor, während mir alles Mögliche, aber nichts Brauchbares durch den Kopf schoss!

Der Flaschenzug stoppte und dann ging es langsam aber sicher in die andere Richtung. Im Fernsehen kam in so einer Situation spätestens jetzt immer John Wayne mit der Kavallerie, aber in meinem Fall war mit dem schwulen Cowboy wohl eher nicht zu rechnen.
„Kopper stell das Ding ab, sonst stanze ich dir ein drittes Auge, hörte ich dann im Augenblick höchster Not eine mir wohlbekannte Stimme, die noch nie so süß in meinen Ohren geklungen hatte.
„Lena!!!" schrie ich. Der Flaschenzug stoppte und aus den

Augenwinkeln konnte ich erkennen, dass die ganze feine Sippschaft in den Himmel griff.

„Hol ihn da runter, sofort!" Lenas Anweisung war sogar für einen von Intelligenz völlig unbeleckten Neandertaler wie Kopper verständlich und bald fühlte ich mich von kräftigen Händen wieder entfesselt und aufgestellt. Außer Lena Odenthal war ein komplettes SEK vor Ort, das gerade die Anwesenden mit Kabelbindern an unbedachten Handlungen hinderten.

„Aber ich dachte, die hätten dich ausgebootet," stieß ich hervor. „Keine Chance", antwortete sie. Ich hatte schon lange den Verdacht gehabt, dass höhere Kreise in dieses lukrative Geschäft verwickelt sind und dass es auch einen oder mehrere Maulwürfe in unseren Reihen geben musste. Und da Kopper ja nicht besonders helle ist, hat er sich dann auch irgendwann einmal verplappert...so fügte sich eins zum andern. Und als mir dann der Polizeipräsident persönlich so plötzlich und mit einer fadenscheinigen Erklärung eine andere Aufgabe zugewiesen hatte...musste ich nur noch eins und eins zusammen zählen und meine Freunde beim BKA anrufen...nur dich konnte ich leider nicht mehr vorwarnen...Ich wäre übrigens wohl die Nächste gewesen, die kopfunter im Apfelsaft gebadet hätte...und dann wäre der Weg frei und die weltweite Verseuchung mit Apfelsaft nicht mehr aufzuhalten gewesen!"

Der Rest ist schnell erzählt: Die gesamte Apfelernte weltweit wurde vernichtet und den Verantwortlichen vor dem Internationalen Gerichtshof der Prozess gemacht. Die Honoratioren der Stadt, die - bis auf den zweiten Bürgermeister – den ich noch von meiner Schulzeit her kannte, alle in die krummen Geschäfte verwickelt waren, wanderten samt und sonders in den Knast.

Lena und ich sind wieder zusammen, beruflich und privat, denn ich habe die versprochene Pension ausgeschlagen und bin mit allen Ehren wieder in den Polizeidienst übernommen worden. Wir sind eben das ultimative Team...Sie hat mir übrigens gestanden, dass die lesbische Phase wohl doch nicht so der Hit für sie gewesen ist, aber ich hätte da so gewisse Ideen, wie man das Eine eventuell mit dem Anderen verbinden könnte...und irgendwie kriegen wir die Katze da auch noch mit unter!

Unterschiede im intergeschlechtlichen Miteinander verschiedener Vertreter des EU – Raums

Ääääh...versuchen Sie bitte nicht, in das nun Folgende irgendeinen Sinn hineinzuinterpretieren...ansonsten nutzen Sie gefälligst irgendeinen Internet-Übersetzer...mit dem Schwedischen werde Sie da allerdings wenig Glück haben...da wäre eher der Katalog eines nicht ganz unbekannten Möbelhauses nützlich!

Die Kennenlern-Phase:

Der Deutsche:
Naaaaa, so alleine. Möchten Sie vielleicht ein Gläschen mit mir....ach Sekt? Naja, Haha, sie gehen aber ran. Na, wenn sich's denn irgendwie amortisiert, Haha...Nein, war nur ein Scherz...selbstverständlich....!

Der Engländer:
Hi Beauty. I would like to take the fucking opportunity to invite you perhaps maybe to have a fucking cup of good old English unsweetened Tea or eventually a fucking Guinness or a Stout or something like that but unfortunately only until 11p.m. Because of the fucking closing time...

Der Schwede:
Aquavit?

Der Spanier:
Sangria Ole?

Die Aufforderung zum Beischlaf:

Der Deutsche:
Ähm...Naaaa, was machen wir beiden Hübschen denn jetzt mit dem angebrochenen Abend? Zu dir oder zu mir. Ach, die K.O.-Tropfen wirken schon? Na dann zu mir!

Der Engländer:
I would fucking like to fucking bring you to your fucking flat to fucking fuck you, but only until 01a.m., because my fucking wife is fucking waiting for me!

Der Schwede:
Lecksvik?

44

Der Spanier:
Oleeeeoleeolee olee!

Die Verabschiedung:

Der Deutsche:
Du, das ist jetzt bisschen blöd, dass du plötzlich nicht mehr weißt, wie das gestern Abend genau gelaufen ist, aber duuu warst doch diejenige welche ...jetzt heul' nicht rum...ach, kannst du beim Gehen vielleicht die Mülltüte mit raus nehmen? Ja Danke, du mich auch!

Der Engländer:
Damned! Already a quarter past 01a.m. Bye Dear, don't call me, I'll call you!

Der Schwede:
Uptäcka!

Der Spanier:
Hasta la vista, Ole!

Die Versöhnung:

Der Deutsche:
Hey, das war doch gar nicht so gemeint gestern...du hattest eben ein bisschen viel getrunken, dann sieht man so was eben viel zu eng Klar lieb ich dich irgendwie...heute bei dir, okay! Ich bring die Getränke!

Der Engländer:
However,...I of course tried to phone you several times...no, not only because my wife has thrown me out of her life and apartment...! May I bring some clothes with me...?

Der Schwede:

smörrebröd, smörrebröd römpömpömpöm

Der Spanier:
Buenos Dias Querrrrida, Oleeeeeeeee!

Das Gründen des gemeinsamen Hausstandes:

Der Deutsche:
Ja ich weiß ja, dass du im Grunde schon alles hast, aber irgendwie
sieht das ja doch etwas anders aus, als bei meiner Mutter. Vielleicht
solltest du sie mal um Rat fragen, dann freut sie sich...und ich würde
mich auch gleich etwas mehr zu Hause fühlen.!

Der Engländer:
Fucking lovely flat, Dear. Maybe we would need a fucking bigger
fridge for my fucking Guinness and a fucking big 3-D flat-screen
television to have a fucking great view at the premier league
football...

Der Schwede:
Ikea family card?

Der Spanier:
Bonito apartamento oleeee!

Die Erziehung des Nachwuchses:

Der Deutsche:
Kevin-Andreas und Sarah-Michaela ich finde das niiiicht sehr
hilfreich, dass ihr euch hier so wenig einbringt in unsere
Hausgemeinschaft. Eure Mutter hat wahrlich genug zu tun und ich
hab keine Zeit...muss ja wohl genug buckeln, um euch das hier alles
zu ermöglichen....!

Der Engländer:

Henry take your fucking little sister by the fucking hand and take her fucking out....I want to fucking see the fucking premier league football results without being disturbed all the time...by the way: bring me another fucking Guinness out of the fridge before you go!

Der Schwede:
Ecktorp, Jennylund, Småland !

Der Spanier:
Juan-Carlos, Maria-Elena, en el jardin, oleee!

Im Alter:

Der Deutsche:
Ach nee, nicht schon wieder...wir haben doch erst vor drei Monaten...außerdem hab ich zu viel gegessen und Blähungen...natüüüürlich finde ich dich noch begehrenswert...nein, du bist nicht zu dick...hab ich doch nie gesagt...außerdem mag ich es ja ein bisschen fülliger...nein, so meine ich das doch nicht...du bist nicht..ich...ach rutsch mir doch den Buckel....

Der Engländer:
Okay...go home to your mother, those fucking bitch...of course...yes, you fucking seem to be exactly her...but before you go, could you bring me another fucking Guinness out of the fucking fridge....

Der Schwede:
Svelvik? Sandvika...!

Der Spanier:
Olé? Oh Ohhh,,,,,

ICH KANN AUCH NACHDENKLICH...

Ich gehöre wohl zu dem Menschen, die zu viel über alles nachdenken, vom Hundertsten ins Tausendste gehen...und sich das Leben damit nicht gerade leichter machen!
Den Anfang machen fünf sehr kurze Gedankenkonstrukte, die zur Zeit der Niederschrift einen Bezug zu aktuellen oder persönlichen Ereignissen hatten...und irgendwie hat Christel da immer das letzte Wort!

Sprachentgleisungen

Das stört mich einfach...So, fertig!

Und wieder geht ein neues Sprachgespenst um, vor allem bei den deutschen Klein- und Mittelgewerbebetreibenden!

Neuerdings bekommt man überall nicht nur die üblichen Produkte und Dienstleistungen, sondern immer etwas mehr....oder besser: ....more! So richtig aufgefallen ist es mir, als ich bei einem örtlichen Hairstylisten (früher: Friseur!) vorbei fuhr und plötzlich ein neues Schild sah: Hair and more...!
Was soll uns das jetzt sagen? Wir bekommen nicht nur die Haare geschnitten, sondern noch etwas anderes? Darf es auch noch eine rituelle Beschneidung sein, heute im Sonderangebot?
Oder letztens während einer Dienstreise in Franken an einer Imbissbude: Würstla and more...(Würstla alleine bewirkt schon leicht nervöses Zucken bei mir, lässt sich aber durch Mundart entschuldigen!)..Ist more jetzt der Senf dazu oder ein halbes Brötchen?

Soweit ich mich erinnere, hatte eine namhafte Fluggesellschaft dies einmal als Slogan für ihr Vielfliegerprogramm: miles and more ... aber das war vor Jaaaaaahren! Und nun wieder entdeckt und jedem Provinzbäcker internationales Flair und den Hauch des Geheimnisvollen verleihend: Laugeweck and more....Oder beim agricultural field engineer (früher Bauer): Grumbeere and more....!

Dabei habe ich mich noch gar nicht richtig von der seit ca. 20 Jahren grassierenden Seuche mit dem „' „ erholt!
Sie erinnern sich? Kurz nach der Wende tauchten plötzlich überall Laden- und andere Schilder mit „Mandy's Nagelstudio, Jaqueline's Geschenkelädchen oder Ringo's Tattoo-Werkstatt auf ...! Ja liebe Ossis oder besser Ossi's, den Schuh müsst ihr euch anziehen ...!
Da habt ihr wohl etwas ein wenig in den falschen Hals gekriegt! Es heißt zwar „sächsischer Genitiv", aber damit sind eindeutig die Angelsachsen gemeint, ehrlich! Nicht die aus Dresden oder Leipzig! Und wissen Sie, was das besonders Schreckliche an der Sache ist? Weil so viele diesen Bockmist kopiert haben und die Flut dieser Schilder nicht mehr aufzuhalten war, hat der Duden das Ganze dann plötzlich für „auch richtig" erklärt! Man stelle sich das vor: Es müssen

nur genug Leute etwas falsch machen, dann wird es irgendwann richtig! Unglaublich, aber wahr!

Christel findet es übrigens absolut übertrieben, dass ich mich über solche Dinge überhaupt aufrege. Sie kommt dann gerne zu mir, gibt mir ein Küsschen auf die freie Fläche, wo früher einmal munteres Haupthaar spross und meint: „Gell, bischd moi Liewes, moi klänes Klugscheißerle!"
Vielleicht hat sie ja recht! Es geht aber ja auch sonst allgemein bergab mit der deutschen Sprache... Ist sie denn aber wirklich so schrecklich, dass man in jedem Satz mindestens drei Anglizismen verwenden muss?
Haben Sie schon mal samstags die Stellenanzeigen gelesen? Man ist eigentlich schon für alle angebotenen Jobs qualifiziert, wenn man überhaupt kapiert, was gesucht wird. Jeder, aber auch wirklich jeder noch so popelige Aushilfsjob liest sich heute wie eine Managerstelle der mittleren bis oberen Kategorie! Oder hätten Sie gedacht, dass sich unter der Bezeichnung „vision clearence engineer" der Fensterputzer verbirgt? Und der „waste removale engineer" ist?...Richtig, bei der Müllabfuhr. Und jener Beruf, der einen angeblich befähigen soll, jederzeit zum Millionär aufsteigen zu können, trägt die schöne Bezeichnung „crockery cleansing operative"! Jawohl, ich meine den Tellerwäscher. Und wer bringt Ihnen die örtliche Zeitung nach Hause, Wind und Wetter nicht fürchtend? Der media distribution officer!

Auch das ist weitaus „more", als man sich noch vor einigen Jahren vorstellen konnte, oder?
Dabei kommt man doch auch mit ganz einfachen verbalen Mitteln durch das Leben!

Christel erklärt und entschuldigt zum Beispiel alles, was sie sagt oder tut, wildfremden Menschen gegenüber mit einem simplen Satz, indem sie sich zu ihrer vollen Größe von 1,52 aufrichtet und mit stolz geschwellter Brust (das ist bei ihr durchaus wörtlich zu nehmen) und dem strahlendsten Lächeln der Welt verkündet: „Weescht, isch bin halt ä Pälzer Mädel!"

Ich denke, dem ist nichts mehr hinzuzufügen!

Maulwurfshausen

Sorry, liebe österreichische Nachbarn, aber ich hatte das Glück, euer schönes Land letztens einmal kreuz und quer per Auto zu bereisen...und da fiel mir etwas auf....!

Ich bin letzte Woche mal wieder in Maulwurfshausen gewesen. Wie, das kennen Sie nicht? Doch, sicherlich, nur unter einem anderen Namen. Geografisch wurde es in Nord-/Süd-Ausrichtung zwischen Deutschland und Italien gequetscht...!

Ich nenne es Maulwurfshausen, weil dieses Ländchen fast ausschließlich aus einem in die Erde getriebenen Röhrensystem, sogenannten Tunneln und darüber befindlichen Hügeln besteht. Okay, es sind mächtig hohe Hügel, aber auch enorm lange Tunnel. Die Bewohner von Maulwurfshausen wollen nun allen weismachen, dass die Hügel zuerst da gewesen sind und sie die Röhren erst danach gebaut hätten, aber wie jeder Gartenbesitzer weiß, ist das natürlich Unsinn!
Die Menschen dort wohnen zwar nicht in den Tunneln, aber sie fahren mit ihren Autos darin herum und zwingen auch alle Besucher, ihnen gleich zu tun. Man kann auch über die Hügel fahren, über sogenannte Passstraßen und Serpentinen, aber wer das einmal gemacht hat, bevorzugt danach dann wieder die Röhren.

Übrigens kommt in diesem Land auch keiner auf die Idee, die Hügel platt zu machen, wie das sonst das Bestreben jedes vernünftigen Menschen ist, der mit dem Phänomen dieser Haufen konfrontiert wird. Das liegt vor allem wohl daran, dass die Maulwurfshausener mit ihren Hügeln Geld verdienen!
Sie laden das ganze Jahr über die Menschen aus den umliegenden Ländern und die Holländer dazu ein, sie zu besuchen, um ihnen dann für aber auch wirklich *alles* Geld abzuknöpfen. So muss man z. B. an der Grenze schon ein kleines Bildchen kaufen, eine sogenannte Vignette, damit man die Autobahn benutzen darf, an manchen ausgesuchten Autobahnen gibt es dann aber noch einmal extra Mautstationen, wo man noch einmal löhnen darf...!

Im Winter dann besprühen sie die Hügel sogar mit Schnee, verdoppeln alle Preise und nennen das Ganze Skisaison! Im Grunde bedeutet das, dass man sich mit Hochprozentigem Mut antrinkt, um dann mit 1 – 2 Brettern unter den Füßen verschneite Abhänge herunter zu stürzen...und das mehrmals am Tag, wenn man sich nicht gleich die Gräten bricht.

Die Tunnel sind teilweise wirklich sehr lang, manche über 20 Kilometer. Und damit zarte Gemüter darin keine Panik kriegen, gib es Notfallnischen, wo man die normale Fahrbahn verlassen kann oder – in ganz schlimmen Fällen - den Tunnel selbst! Allerdings dann zu Fuß...Und in diesen Notfallnischen findet man ab und zu an oder besser in der Wand eine Vitrine, in der eine Marienstatue steht! In deutschen Tunnelnischen, sollte es solche in dieser Form überhaupt geben, wäre da ein Feuerlöscher drin, oder ein Erste-Hilfe-Kasten oder was auch immer.
Sehen Sie, und das wiederum macht das Maulwurfsvölkchen dann so richtig sympathisch! Keine Panik, Maria wird's schon richten! Sie hat praktisch die Verantwortung fürs Ganze. Und wenn dann doch etwas passiert, war es eben der Wille des Herrn, wir haben jedenfalls alles getan, um es zu verhindern.....!

Gesprochen wird selbstverständlich dort auch. Und die Sprache hört sich so an, wie Deutsch klänge, wenn es von einem Maulwurf gesprochen würde.

Oder wie es Christelchen auf den Punkt bringt: „Kenne die donn net Hochdeitsch redde, des mer des a verschdehe konn?

Und auch dem ist mal wieder nichts hinzuzufügen!

Der Sinn des Lebens

Ist ja nur ein Versuch...und außerdem auch nicht abwegiger, als alle anderen, die in die gleiche Richtung zielen. Außerdem gefällt mir die Vorstellung!

Irgendwie habe ich immer gewusst, dass ich es irgendwann schaffen würde und nun ist es soweit: Ich habe den Sinn unseres Daseins entschlüsselt! Echt! Und es war gar nicht so schwer! Man muss eben nur 1 + 1 zusammenzählen!

Okay, Buddha und Stephen Hawking haben mit ihren Theorien etwas Vorarbeit geleistet (ist im Moment immer besser, etwaige Quellen zu nennen!), aber den Bezug habe ich dann in mühevoller Kleinarbeit selbst hergestellt.

Ich hoffe, Sie sitzen alle, gerne auch mit etwas Mittel- bis Hochprozentigem in der Hand, denn es wird jetzt ja doch ein kleiner Schock für Sie werden...Kriegt man ja auch nicht jeden Tag einfach so serviert, die ultimative Antwort auf nun wirklich alles...!

Also, Buddha hatte so ein bisschen Recht und Hawking auch. Wir werden immer wieder geboren und es existieren unendlich viele Universen nebeneinander.
Das ist schon mal die Ausgangssituation.

Der Knackpunkt ist nun aber, dass wir nach dem Tod einfach in die nächste Dimension hüpfen, wo wir immer genau zum gleichen Zeitpunkt, z. B. 26.06.1956 wieder geboren werden (bitte Datum merken und den Schreiber dieser Zeilen pünktlich und reichlich beschenken, Danke!). Und dann leben wir das gleiche Leben noch einmal, nur jedes Mal um eine Winzigkeit verändert. So wie bei „Lola rennt", eine alternative Entscheidung und schon spielt sich der komplette Rest des Lebens total anders ab!

Genial, oder?

Unter diesem Gesichtspunkt machen dann natürlich auch die sogenannten Déjà vu – Erlebnisse einen Sinn! Das Gefühl, irgendwo schon mal gewesen zu sein oder Jemanden schon einmal getroffen zu haben, obwohl das eigentlich nicht sein kann.
Alles wirklich schon mal erlebt, gesehen, gemacht!
Und so geht es immer weiter, bis man dann das ultimative Level

erreicht hat., d. h., man kann es nicht mehr besser machen. Wie`s danach weiter geht, erzähle ich Ihnen gleich.

Erst einmal überlege ich, ob ich mir das Copyright auf diese epochale Erkenntnis sichern oder am Besten gleich eine neue Religion oder zumindest philosophische Grundrichtung kreieren sollte. In England braucht man dafür nur 5000 Anhänger. So haben sie es auch geschafft, das Jedi - Rittertum als offizielle Religion anerkennen zu lassen. Ehrlich, möge die Macht mit uns sein!

Kann man bestimmt auch noch jede Menge Geld mit raus schlagen. Gibt ja immer Leute, die einem ihr Gespartes aufdrängen wollen, weil sie in einem den Oberguru sehen.
Und die Mädels wollen dann alle ein Kind von dir. Mach ich aber nicht mehr, man wird schließlich auch älter! Obwohl, wenn ich so recht überlege....Aber ich höre lieber auf, Christel sucht gerade nach harten und/oder scharfen Gegenständen. Sie findet übrigens ganz toll, was passiert, wenn man – wie weiter oben beschrieben – den höchsten Status erreicht hat: Man wird das nächste Mal dann als (noch) höhere Lebensform wieder geboren!

„Des heest, ihr Kerle derft's dann ach emol als Fraa probiere un mir Fraue wer 'n Engelscher!"

Und natürlich habe ich auch dem wieder einmal nicht das Geringste hinzuzufügen!

Mogelpackung

**Ist ja durch andere, ähnliche Affären irgendwie
immer noch aktuell!**

Hand aufs Herz: Irgendwie, irgendwann haben wir doch alle schon einmal gemogelt, abgeschrieben, die Wahrheit verbogen oder ähnliche Gräueltaten begangen!

Wenn ich da an meine Schulzeit im Carlo-Bosch-Gymnasium zu Ludwigshafen (das ist jetzt keine ironische Spitzfindigkeit, sondern ein sprachliches Stilmittel) denke...Das ging schon morgens im Bus los: „Hast du Matte gemacht? Gib doch mal kurz..." „Okay, aber nur wenn du mich Deutsch...!"Und in der Schule selbst genauso, da wurde doch während der Klausuren geklaut, was das Zeug hielt. Es gab nur sehr wenige Ausnahmen, die weder abschrieben, noch abschreiben ließen. Die haben aber früher auch nie die guten Mädels abgekriegt und sind heute entweder beim Finanzamt oder in der FDP...oft sogar beides!

ABER – und das ist der kleine Unterschied zum Hauptaufreger des Monats – allerhöchstens ein verschwindend geringer Prozentsatz der Beteiligten hatte damals schon ein wichtiges politisches Amt inne!
Wenn wir erwischt wurden, gab es eine 6, im Wiederholungsfall vielleicht gar einen Tadel und das war's! Kommentar meines Vaters: „Dass du stinkfaul bist, ist eine Sache, aber dann auch noch so dämlich sein und sich beim Abschreiben erwischen lassen? Hinfort und betrachte dich als enterbt (Näää, Späßle!)"Jedenfalls wurde kein großes Brimborium darum gemacht.

Nun ist aber der Freiherr, der so frei war, sich der Arbeitsfrüchte anderer zu bedienen, ohne auf diesen bargeldlosen Einkauf extra hinzuweisen, mit einem der zur Zeit wichtigsten Staatsämter bedacht, steht somit im Blitzlicht der Öffentlichkeit und hat sich in der jüngeren Vergangenheit auch nicht gerade dadurch ausgezeichnet, dasselbe zu scheuen. Ob Kriegstourismus mit Partnerin in Afghanistan oder die – längst überfällige – Umstrukturierung der Bundeswehr, er macht schon von sich reden. Von den Vorschusslorbeeren, die ihm - als politischem Überflieger und elanvollem Hoffnungsträger - von allen Seiten zugedacht worden sind, ganz zu schweigen. Und nun wurde er erwischt! Bei etwas, was nun auch bei wohlwollendster Betrachtung nicht einfach als Kavaliersdelikt abzutun ist. Es war schlicht und einfach Betrug! Mit Vorsatz und sogar unter Einbeziehung der staatseigenen Hilfstruppen (by the way: Hat der Mann eigentlich überhaupt gedient? Muss ich mal googlen....oder googeln?).

Es geht jetzt also streng genommen nicht mehr darum, ob er sein Amt gut und verlässlich ausübt, auch wenn dies einige seiner Fans immer noch propagieren, sondern ob ein Politiker an – im wahrsten Sinne des Wortes – vorderster Front noch tragbar ist, wenn er seine Glaubwürdigkeit derart fahrlässig aufs Spiel gesetzt hat, nur um sich mit möglichst wenig Aufwand einen Doktortitel und die damit verbundenen Vorteile zu verschaffen! Man darf auch keinen Flugschein machen, wenn man Punkte in Flensburg hat, auch wenn dies auf den ersten Blick nicht ganz nachvollziehbar ist. Aber eben nur auf den ersten Blick, denn es geht hier wie dort um den Nachweis bestimmter charakterlicher Eigenschaften.

Wir sind hier schließlich nicht in Italien!

Übrigens, Alles, was uns in der Matrix-Trilogie und den vier Terminator-Teilen als Science-Fiction verkauft wurde, ist bereits bittere Realität, denn die Herrschaft der Maschinen hat schon begonnen. In Deutschland ist schon ein Kopierer Verteidigungsminister!

Christel meint allerdings zu dem ganzen Fall: „Jo alla! Isch hab domols in de Handelsschul a als abgschriwwe! Un, bin isch vielleischt nix worre?"

Und natürlich habe ich auch dem mal wieder gar nichts hinzuzufügen!

Religionen

Mein absolutes Reizthema! Ich denke, darüber muss ich noch einmal ein eigenes Buch schreiben, daher hier nur ein kurzer Gedankengang!

Klar habe ich die Bibel gelesen, man sollte die Propagandaschriften des Gegners genau kenne.

Und dann habe ich sie liebevoll ins Märchenregal zu den anderen Götter- und Heldensagen gestellt...wo auch schon Talmud und Koran ihren endgültigen Platz gefunden haben...aber ehrlich gesagt finde ich die Geschichten um Odin und Thor, Zeus und Apollon, Wotan und Donar bedeutend unterhaltsamer....Sorry!

Das Problem ist einfach, dass die meisten Menschen denken, dass die Religionen und religiösen Institutionen jedweder Couleur irgendetwas mit ihrem Glauben zu tun haben.

Gegen Glauben selbst habe ich ja nichts einzuwenden, das muss jeder mit sich selbst ausmachen....aber ich finde einfach eine Lehre absurd, die von einem allmächtigen Wesen handelt, das angeblich die Güte, Weisheit und Gnade in Person sein soll und dann schon durch die Vorgabe von zig verschiedenen Glaubensrichtungen dafür sorgt, dass sich die Anhänger derselben in seinem Namen tagtäglich tödliche Kämpfe liefern! Solch ein Wesen muss entweder grausam, zynisch, unfähig, schizophren oder schlimmstenfalls alles zusammen sein.

Ich finde es auch unheimlich beruhigend für kleine oder größere Kinder, wenn man Ihnen in der Kirche erzählt, dass der liebe Gott immer auf sie aufpasst, weil er sie ganz doll lieb hat...das hilft ihnen dann bestimmt dabei, zu verkraften, wenn sie geschlagen, missbraucht, gequält und getötet werden....und einiges davon von eben diesen Männern, die ihnen diesen Schwachsinn am Sonntag in der Kirche vermittelt haben!

Die katholische Kirche ist schon seit dem Mittelalter nichts Anderes als ein Tummelplatz korrupter und machtgeiler Sakralpolitiker und Geschäftsleute, die buchstäblich über Leichen gehen...Der Islam eine Ansammlung von vor Hass geifernder alter Männer, für die es erst Frieden gibt, wenn jeder Andersgläubige ausgemerzt wurde... Das Judentum hat sich irgendwie selbst totgelaufen und zuckt nur noch ab und zu, wenn es sich einmal wieder irgendwo und von irgendwem verunglimpft fühlt....

Der Buddhismus (die einzige Glaubensrichtung, die für mich wenigstens in einigen Dingen sympathische Züge hat, aber ja eigentlich eine Art Philosophie ist) versinkt ewig lächelnd in sich selbst und die seltsamen Sekten - wie Zeugen Jehovas, Scientology und Ähnliches - sind einfach nur lächerliche Ansammlungen willensschwacher Menschen, die von einigen wenigen benutzt, ausgenutzt und jeglicher Freude am Leben beraubt werden...!

Religionen mögen in einer Zeit Existenzberechtigung gehabt haben, als die Menschen auch hinter einfachsten alltäglichen Phänomenen Übersinnliches vermuteten...einfach, weil sich ihnen die Zusammenhänge nicht erschlossen...aber wer sich auch jetzt immer noch daran klammert, verschließt einfach die Augen vor der Realität oder/und befolgt eben stumpf das, was ihm durch Eltern, Schule und Kirche immer noch ständig eingeimpft wird...und ermöglicht den Religionsführern und ihren Organen...und das ist durchaus auch zweideutig zu verstehen...weiterhin ihr schlaues und lukratives Leben führen zu können.

Wie auch schon Heinrich Heine gesagt hat:

„In dunkeln Zeiten wurden die Völker am besten durch die Religion geleitet, wie in stockfinstrer Nacht ein Blinder unser bester Wegweiser ist; er kennt dann Wege und Stege besser als ein Sehender. Es ist aber töricht, sobald es Tag ist, noch immer die alten Blinden als Wegweiser zu gebrauchen."

Na gut, Christel meint dazu: „Awwer Engelscher gibt's, gell? Wer soll dann sunscht uff uns uffbasse?!

Und auch dem habe ich wieder absolut nichts hinzuzufügen!

Gedankensprünge

Ich könnte ja jetzt sagen, dass mir die meisten dieser
Gedanken auf dem Klo gekommen sind,
aber dann würde sicher irgendein vorwitziger
Zeitgenosse bemerken, dass ich sie da auch besser
hätte lassen sollen...!

Religionen und Ehe haben eines gemeinsam: In beiden Institutionen werden an und für sich angenehme und schöne Dinge – wie Nächstenliebe, Glaube, Zusammengehörigkeitsgefühl und Geschlechtsverkehr – so lange durch Ge- und Verbote reglementiert, bis sie keinen Spaß mehr machen.

Frauen, die nach Gleichberechtigung streben, bewegen sich in die falsche Richtung. Sie beherrschen die Männer doch schon seit Anbeginn der Zeit einfach dadurch, dass sie Frauen sind!

Die Frage, welche Rolle ich in dieser Welt spiele, beschäftigt mich nicht im Geringsten. Ich frage mich stattdessen, welche Rolle die Welt um mich herum in meinem Leben spielt.

Ich glaube, dass das Leben jedes Lebewesens einem roten Faden folgt! Was mich irritiert, ist, dass ich scheinbar die ganzen Knoten bekommen habe!

Die Kleriker wissen, was sie glauben, die Wissenschaftler glauben, was sie wissen!

Monogamie ist einfacher, wenn man hässlich ist

In einer Zeit, in der jeder, der unfallfrei einen Joghurtbecher hochhalten kann oder sich vor der Kamera zum Affen machen lässt, schon als Superstar bezeichnet wird, kann man sich eher etwas darauf einbilden, wenn man noch nie selbst im Fernsehen aufgetreten ist.

Früher war Sport etwas, mit dem man seinem Körper etwas Gutes getan hat. In der pervertierten Form des Leistungssports, die wir heute haben, ist das genaue Gegenteil der Fall. Und schuld daran sind die Bierbauchathleten, die immer Höher, Schneller, Weiter sehen wollen und diejenigen, die aus der Idee des sportlichen Wettkampfs eine verlogene und kriminelle Gelddruckmaschine gemacht haben.

Euro ist, wenn das Geld plötzlich doppelt soviel wert ist, man aber nur noch halb soviel dafür kaufen kann.

Andere Menschen sind faul, ich nehme mir die Freiheit, äußerst kritisch zu selektieren, welche Tätigkeit einer Mühe wert ist.

Ich habe einen IQ von 145 und bin das lebende Beispiel dafür, dass man selbst mit dieser Belastung imstande ist, ein weitgehend erfolgloses Dasein zu fristen.

Eigentlich müsste es heutzutage im Fußball viel mehr Eigentore als früher geben, weil die Spieler so oft hin und her verkauft werden, dass sie oft gar nicht mehr wissen, für wen sie eigentlich spielen.

Es ist nicht wahr, dass junge Leute heutzutage früher oder öfter Sex haben als die Generationen davor. Die Nachrichten davon werden Dank Facebook, Twitter, You Tube und Co. nur bedeutend schneller und globaler verbreitet.

Sollte es irgendwann einmal möglich sein, Programme zu kaufen, mit deren Hilfe man virtuellen Sex mit irgendwelchen schönen, reichen und berühmten Leuten haben kann, wird sich deren Marktwert in der realen Welt dann wohl sehr schnell an den entsprechenden Verkaufszahlen orientieren.

Es ist überhaupt nicht wahr, dass ich ständig nur an Sex denke! Eigentlich nur dann, wenn ich ihn gerade selbst praktiziere und in der Zeit dazwischen!

In guten Hotels fühlt man sich wie ein Kind in einem guten Elternhaus. Der Unterschied ist nur, dass man das Taschengeld nicht bekommt, sondern bezahlt!

Die Physiognomie des Lachens erstreckt sich von einer gequält anmutenden Grimasse bis zu explodierten Gesichtszügen!

Es ist eine fürchterlich Zeit raubende und anstrenge Sache, spontane Einfälle zu haben.

Rein statistisch gesehen sollten Eltern mit drei und mehr Nachkommen ab und an überprüfen, welcher Nationalität und Hautfarbe ihre Kinder sind.

Spontaner Einfall nach dem Besuch des Einwohnermeldeamtes: Ich wohne, also bin ich!

Ich wollte eigentlich auch Politiker werden, aber mein Hausarzt riet mir davon ab, die dafür erforderliche Lobotomie durchführen zu lassen.

Ich wohne in Ludwigshafen am Rhein, einem Vorort der BASF.

Die wahre Aufgabe von Castingshows und Realitysoaps ist die, Menschen, deren IQ oberhalb dem eines Grottenolms angesiedelt ist, davon abzuhalten, jemals im Fernsehen auftreten zu wollen. Wobei ich jetzt nicht den Grottenolmen zu nahe treten wollte.

Natürlich gibt es Vampire und andere Blutsauger. Im wahren Leben sind es meist daywalker und sitzen in der Vollstreckungsabteilung des Finanzamtes.

Schreiben ist für mich deswegen harte Arbeit, weil ich es nur mit einem Finger kann. Die intellektuelle Belastung ist dagegen eher marginal.

Bücher schreiben ist genau wie aufwendiges Kochen: Man macht sich zuerst Gedanken über das Menü und wem man dieses kredenzen möchte. Es dauert lange, bis man die richtigen Zutaten beisammenhat. Hat man es vollendet, ist man banger Erwartung, ob es denn auch allen schmeckt. Irgendjemand hat auch an der perfektesten Mahlzeit immer etwas zu bemängeln. Und manchmal muss man etwas kochen, das man selbst nie essen würde.

Ich glaube fest daran, dass ich schizophren bin. Allerdings sind bei mir die verschiedenen Persönlichkeiten im Laufe meines Lebens nicht zusammen, sondern nacheinander aufgetreten. Alle, die mich schon so lange kennen, werden das gerne bestätigen.

Natürlich kann man mehrere Frauen respektive Männer gleichzeitig lieben. Man liebt ja nicht das Komplettwesen, denn niemand entspricht zu 100 % der jeweilige Idealvorstellung eines Anderen, es sind immer nur Kombinationen physischer und psychischer Komponenten. Und die können ja in anderer Zusammenstellung verschiedenen Menschen zu eigen sein. Genauso natürlich übrigens habe ich das eben nur erfunden, um eine gute Ausrede fürs Fremdgehen zu haben...Aber es klingt immerhin trotzdem ganz logisch.

Wenn sich die Kirche an ihren eigenen ursprünglichen Ansprüchen orientieren würde, gäbe es weder Kirchensteuer, noch sakrale Prachtbauten oder hoch bezahltes Klerikertum. Gottesdienste würden in Scheunen oder unter freiem Himmel stattfinden, der Papst wäre eine weiser alter Mann, der jedermann durch Demut und Güte beeindruckte und die Priester würden den Kindern Oblaten in den Mund schieben, statt ihrer Genitalien.

❁

Die Anwendung physischer Gewalt ist eine Art Körpersprache mit vielen Ausrufezeichen.

❁

Es ist ein wahnsinnig geiles Gefühl, inmitten von tausend anderen Menschen zu stehen, als Einziger eine andere, völlig konträre Meinung zu vertreten und diese auch noch logisch und schlüssig begründen zu können.

❁

Menschen, die man über alle Maßen bewundert und vergöttert, kann man niemals wirklich lieben.

❁

Mülltrennung macht für mich nicht wirklich Sinn, solange es z. B. an Autobahnparkplätzen und anderen öffentlichen Orten noch Einheits-Sammelbehälter gibt.

❁

Genau, wie große Genialität oft hart an der Grenze zum Wahnsinn angesiedelt ist, ist auch der Abstand zwischen wirklicher Liebe und tiefem Schmerz ein sehr geringer!

Der Mensch ist nicht von Natur aus gut, gesetzeskonform und friedliebend. Wer das wirklich glaubt, sollte einmal unverschuldet in Not geraten, sich auf der Autobahn an die Geschwindigkeitsbegrenzungen halten und ein Reihenhaus kaufen. Die lieben Mitmenschen werden ihn in kurzer Zeit dazu bringen, seine Meinung zu revidieren.

Der Unterschied zwischen einem Schriftsteller und mir ist ungefähr so groß, wie zwischen dem Chefkonstrukteur der ISS und einem Hobbybastler. Ich mache aber trotzdem weiter!

Ich denke, ich habe in etwa genau so viel Sex wie meine Freunde....zusammen!

Es ist einfach nicht wahr, dass sich alle Männer für den Nabel der Welt halten. Die meisten von ihnen sehen ihre Bestimmung eher ein paar Zentimeter tiefer!

Es sind bis auf wenige Ausnahmen sicherlich nicht körperliche Merkmale, die uns unseren Platz in der Erinnerung anderer zuweisen. Sonst würden ja die Menschen mit den größten Füßen die sichtbarsten Spuren im Sand der Zeit hinterlassen.

Ich denke, nur die wenigsten Lügen entspringen wirklich der Absicht, andere bewusst und in betrügerischer Absicht hinters Licht zu führen. Der weitaus größte Anteil soll uns selbst oder Andere davor bewahren, von der Wahrheit verletzt zu werden. Das heißt, nicht die Lüge an sich ist schlecht, sondern der Auslöser dafür!

Ich soll mich beschreiben? Stellen Sie sich einen Typen vor, der gerne mal in 10.000 Metern Höhe ohne Fallschirm aus einem Flugzeug springt, erst während des Falls anfängt, sich Gedanken um die Landung zu machen...und trotzdem immer einigermaßen heil unten ankommt!

to be continued.........

MORGEN IST SONNTAG

Dies ist die Geschichte, die Christel besonders am Herzen liegt und die ich ihr zuerst geschrieben habe...das war ganz am Anfang unserer Beziehung und sollte so ein kleiner Trost und auch Denkanstoß sein...aber natürlich wird dem aufmerksamen Leser nicht entgehen, dass sie auch nicht ganz uneigennützig ist ….
Ich habe sie ihr damals in vier Teilen zukommen lassen und diese Form der Dramaturgie halber beibehalten!

Teil 1

Wie immer schloss Christel an diesem Samstagnachmittag den Laden in Mutterstadt und damit auch die Geschäftswoche ab.

Eigentlich hatte sie schon früher gehen wollen, aber – wie so oft – gab es nach der offiziellen Geschäftszeit noch tausend kleine Dinge zu erledigen. Manchmal fragte sie sich in der letzten Zeit, ob sich der ganze Aufwand überhaupt lohnte, der Verzicht auf Freizeit und geregelten Urlaub und – natürlich – der ständige Stress mit ihrem „Noch"-Ehemann....

Seitdem sie sich vor einem halben Jahr von ihm getrennt und ihm die Tür gewiesen hatte, benutze er nun den gemeinsamen Laden, um sie mit seinen Eifersüchteleien und unberechtigten Vorwürfen zu verfolgen.

Irgendwie konnte er nicht verwinden, dass SIE es gewagt hatte, mit IHM Schluss zu machen. Aber sie hatte beschlossen, dass 30 Jahre Gängeleien, Bevormundungen und Herabsetzungen genug waren! Mehr als genug! Irgendwann hatte sie sich gesagt: „Ich bin zwar klein, aber ich bin stark!" Und das hatte sie ihm dann bewiesen...

Sicher, es war ja nicht alles schlecht gewesen, man hatte sich ja schließlich auch geliebt und eine wunderschöne und begabte Tochter gezeugt und groß gezogen. Aber trotzdem hatte sie sich in den letzten Jahren immer öfter fragen müssen, ob sie sich damals, als junges Mädchen, nicht zu übereilt in diese Ehe gestürzt hatte, ohne erst einmal zu sich selbst zu finden...

Sie war - in solche Gedanken versunken – mittlerweile am Auto angekommen, stieg ein und fuhr die kurze Strecke nach Hause. Für heute Abend war nichts geplant, Sabrina war sicher auf Achse...Also würde sie noch die übliche Runde mit Sam, ihrem etwas zu groß geratenen Hund, drehen, die Katze versorgen, sich eine Kleinigkeit kochen, und dann noch gemütlich den lauen Sommerabend mit einem Gläschen Wein im Liegestuhl genießen....vielleicht auch versuchen, etwas schöneren Gedanken Platz zu machen....

———————

75

Als es langsam für draußen zu kühl wurde und sie anfing zu frösteln, ging sie hinein und beschloss, nach einem kurzen Blick auf das wieder einmal ätzende Fernsehprogramm, heute einmal früh schlafen zu gehen.
Sie zog sich aus und warf beim ins Bett gehen noch einmal einen kritischen Blick in den Spiegel..."Eigentlich gar nicht schlecht für deine 51 Jahre, liebe Christel!" sagte sie zu sich selbst und schlüpfte mit einem verschmitzten Lächeln unter die Decke....Irgendwie konnte sie aber doch noch nicht einschlafen, ständig gingen ihr Gedanken durch den Kopf, wie sie ihr derzeitiges Leben zumindest etwas ändern konnte....und über diesem Grübeln schlummerte sie dann doch ein....!

Plötzlich klingelte das Telefon und riss sie unsanft aus dem ersten Schlaf! Wer konnte das denn um diese Zeit sein? Hoffentlich nicht schon wieder ein Kontrollanruf von Hans-Jürgen! Diesmal würde sie ihn aber endgültig in seine Schranken verweisen...!

Sie hob den Hörer ab, und bevor sie noch irgendetwas vorbringen konnte, sagte eine unbekannte und doch seltsam vertraute weibliche Stimme zu ihr: „Hallo Christel....Morgen ist Sonntag...!"und legte auf. Christel glaubte erst an einen Scherz, manche ihrer Freundinnen neigten zu solchen Dingen, aber sie konnte diese Stimme niemandem aus ihrem Bekanntenkreis zuordnen! Und doch......!

Aber da klingelte schon wieder das Telefon und die Stimme sagte wieder: „Hallo Christel....Morgen ist Sonntag...und es gibt noch viel zu tun...!" „Wer ist den da", rief Christel nun etwas erbost und plötzlich – noch ehe die Stimme antworten konnte – traf sie die Erkenntnis!!! Das war IHRE Stimme, irgendwie etwas anders, jünger, aber trotzdem IHRE Stimme....! So wie man seine eigene Stimme auf Bandaufnahmen oder Videos wahrnimmt...! „Was.....was ist das für ein Scherz, wer....?!?" „Liebe Christel", sagte die Stimme, „du wirst nun langsam begriffen haben, wer ich bin! Ich kann dir jetzt noch nicht erklären, was hier gerade passiert, aber ich bin gleichzeitig deine Vergangenheit und deine Zukunft und es ist wichtig, dass du genau tust, was ich dir sage! Es ist eigentlich ganz einfach: Schlafe und träume! Und triff im Traum die richtigen Entscheidungen!"

- *Ende Teil 1*

Teil 2

„Du bist gut", erwiderte Christel der nächtlichen Anruferin, die sich als ihr jüngeres Ich vorgestellt hatte, „wie soll ich denn auf Kommando einschlafen und träumen können?"
„Lösch einfach das Licht, leg dich hin und entspann dich, denk an etwas Schönes....die glücklichen Augenblicke in deinem Leben...Bis später!" Das Gespräch war weg...
Christel war nun doch etwas neugierig geworden, was sollte diese ominöse Geschichte bedeuten? Warum sollte es wichtig sein, dass sie träumte? Machte man das denn nicht automatisch jede Nacht...Irgendwo hatte sie einmal gelesen, dass es sogar lebenswichtig war zu träumen! Und was sollte der Satz bedeuten, dass morgen Sonntag sei? Klar war morgen Sonntag, aber was soll's?
Trotzdem löschte sie nun das Licht und versuchte sich zu entspannen. Dachte an früher, ihre Kindheit und Jugend, die unbeschwerten Jahre, in denen es nur wichtig gewesen war, soviel Spaß wie möglich zu haben....und schlief irgendwann schließlich ein.

„Christel steh auf", hörte sie plötzlich eine Stimme, „ist schon gleich sieben! Du hast noch viel vor, schließlich ist erst morgen Sonntag!"

Sie öffnete die Augen und sah, dass sie im Bett in ihrem alten Jugendzimmer lag und dass ihre Mutter in der Tür stand, um – wie jeden Morgen - dafür zu sorgen, dass sie in die Schule kam. Wenn das alles ein Traum war, wirkte er aber sehr real, dachte sie bei sich. Sie blickte sich um. Tatsächlich, alles stand oder lag an seinem

Platz.
Versuchsweise stand sie auf, jeden Moment darauf gefasst, wieder aufzuwachen. Sie griff nach ihren Jeans und auch die fühlten sich sehr real an....Also beschloss sie, erst einmal alles auf sich zukommen zu lassen!
Beim Anziehen fiel dann plötzlich ihr Blick auf den kleinen Kalender, der an der Wand hin. „Mein Gott", fuhr es ihr durch den Kopf, „wenn das stimmt, haben wir das Jahr 1972 und ich...."Sie rannte zum Spiegel..."bin 14 Jahre alt!" Das Spiegelbild zeigte ihr ein süßes junges Mädchen, welches, obwohl noch SEHR jung, mit Sicherheit schon jeden hoffnungsvollen Jüngling um den Verstand hätte bringen können, wie sie befriedigt feststellte.

Sie riss sich von ihrer eigenen Erscheinung los und ging in die Küche, wo sie auch ihren Vater vorfand.

Es waren zwar ihre Eltern, die sie hier sah, aber irgendetwas in ihrem Verhalten war sonderbar, war nicht so, wie es ihrer Erinnerung entsprach.

„Setzt dich bitte hin, Kind", sagte ihr Vater. Sie setzte sich zu ihm und auch ihre Mutter kam dazu... Sie musterte beide und fand, dass sie besser, gesünder und irgendwie... perfekter aussahen...Als hätte jemand beide rund erneuert oder verbesserte Kopien von ihnen erstellt. Auch ihr Verhalten passte irgendwie nicht ganz....aber schließlich war es ja auch nur ein Traum, sagte sie sich wieder!

„Liebe Christel" sagte ihr Vater, „dies ist nicht dein Zuhause, auch wenn es so aussieht und wir sind auch nicht deine Eltern...Du befindest dich in deinem persönlichen Universum der Möglichkeiten, in einer Arena des Schicksals. Hier kannst du Einfluss nehmen auf das, was einmal war, das, was ist und das, was sein wird. Diese Chance haben nur sehr wenige Menschen in ihrem Leben. Du hast sie bekommen, weil es jemanden gibt, der dich über alle Maßen liebt und der alles dafür geben würde, um dich glücklich zu machen! Und dieser Jemand hat einen Weg gefunden, die Schicksalsmächte davon zu überzeugen, dir die Gelegenheit zu einer...nennen wir es

Korrektur, zu geben! Du wirst eine Prüfung bestehen müssen. Sie wird nicht leicht sein, denn du wirst keinerlei Hinweis bekommen, was richtig oder falsch ist. Der einzige Weg, diese Aufgabe zu lösen, ist der, deinem Instinkt und deinem Herzen zu folgen. Triffst du aber die falsche Entscheidung, kann dir niemand mehr helfen. Dann ist dein Schicksal bereits entschieden."

Nach diesen Worten begann die ganze Umgebung mitsamt der beiden Personen zu verschwimmen und Christel befand sich plötzlich in einer Art riesiger, fast endloser Halle, die vollkommen leer war.....

– *Ende Teil 2* –

Teil 3

Christel wurde es fast schwindelig, denn diese „Halle" schien weder Boden noch Wände, noch eine Decke zu besitzen...nur aus einer Art mattem Licht zu bestehen und fast endlos zu sein!

„Ha....Hallo?!?" rief sie zaghaft, „ist da Jemand? Was soll ich denn nun hier???" Statt einer Antwort näherten sich von dem, was man vielleicht als vorne bezeichnen konnte, weil es sich in diesem Augenblick vor ihr befand, zwei Punkte...Oder besser zwei Objekte, die aussahen wie Punkte, weil sie noch sehr weit entfernt waren. Sie kamen recht schnell näher und bald konnte man sehen, dass es sich um zwei simple, schmucklose Türen handelte, die scheinbar einfach so im Raum hingen und in einer Entfernung von etwa 100 Metern plötzlich stoppten.

„Merkwürdig", dachte Christel, „was soll das den jetzt? Dieser Traum wird immer ominöser...!"Vorsichtig tastete sie sich mit den Füßen vorwärts, weil ja keinerlei Boden oder etwas Ähnliches zu sehen war, auch wenn der Untergrund fest zu sein schien.
Aber nach ein paar Schritten geschah etwas Merkwürdiges: Von

beiden Türen aus schlängelte sich je eine Art Weg auf sie zu und beide trafen sich genau vor ihren Füßen!

„Okay", sagte Christel laut vor sich hin, wahrscheinlich auch, um sich selbst ein wenig Mut zu machen. „Die Aufgabe scheint klar, ich soll einen der beiden Wege bis zur betreffenden Tür gehen und diese dann durchschreiten. Aber woher, verdammt noch mal, soll ich denn wissen, welches die Richtige ist???"
Als hätte dies jemand gehört und nur darauf gewartet, leuchtete plötzlich über jeder Tür ein Schild auf, und zwar so groß, dass man die Worte, die darauf zu lesen waren, selbst aus dieser Entfernung mühelos entziffern konnte!

Auf dem Schild über der rechten Tür standen die Worte: „Sicherheit, Vertrauen, Familie, Sorglosigkeit."
Und auf dem über der linken: „Unbequemlichkeiten, Risiko, Sorgen, Ungewissheit."

Da beide Wege gleich harmlos aussehen, obwohl sie nicht ruhig da lagen, sondern sich wie zwei träge Schlangen langsam hin und her wanden, gab es für Christelchen nur eine Alternative: Ärger hatte sie wahrlich schon genug gehabt, also gab es für sie nur einen Weg, den zur rechten Tür!
Zögern setzte sie erst den einen, dann den anderen Fuß auf den Weg und als sie merkte, dass nichts Negatives geschah, wurde sie mutiger und ihre Schritte wurden fester. Sie kam gut voran und hatte bereits die Hälfte des Weges hinter sich, als dieser sich plötzlich veränderte...! Er wurde weicher, gummiartiger und bewegte sich mehr, als noch vor ein paar Schritten...Sie strauchelte beinahe und bekam es plötzlich mit der Angst zu tun...Zweifel über die Richtigkeit ihrer Entscheidung stiegen in ihr hoch....verunsichert schaute sie schwankend noch einmal auf das Schild über der von ihr gewählten Tür und bemerkte nun, dass sich plötzlich noch andere Worte auf dem Schild befanden, die den bereits genannten einen völlig konträren Sinn verliehen!

Plötzlich stand da zu lesen: „TRÜGERISCHE Sicherheit,

MISSBRAUCHTES Vertrauen, DRUCK DURCH DIE Familie, FALSCHE Sorglosigkeit. Die Worte bekamen ein Eigenleben, lösten sich aus der Tafel und wirbelten um sie herum...sie hörte sie nun auch in ihrem Kopf, so als wollten sie sich dort niederlassen und sie quälen...Auch der Weg gebärdete sich immer wilder, Sie versuchte zu schreien, bekam aber kein Wort heraus, warf sich hin und versuchte, sich irgendwo fest zu klammern...Sie wurde durchgeschüttelt, hin und her geworfen und schrie endlich voller Verzweiflung: „ Nein, bitte...ich will diesen Weg nicht mehr gehen, bitte lasst mich! Bitte, bitte lasst mich!"

Als die Not am Größten zu sein schien, bemerkte sie plötzlich aus den Augenwinkeln, wie sich der andere Weg, der bisher nur wie wartend da gelegen hatte, einer mächtigen Seeschlange gleich, die aus den Fluten auftaucht, erhob, zu ihr hinab beugte und – sie sanft umschlingend – auf die andere Seite hob...

Schluchzend und zitternd, wie ein Häufchen Elend stand sie da, die erwachsene Frau im Körper eines jungen Mädchens und merkte, wie sich der Weg hinter ihr ganz behutsam anhob, als wolle er sie anstupsen und in die richtige Richtung lenken. Ganz, ganz zaghaft ging sie vorwärts, in ständiger Furcht vor weiteren Unannehmlichkeiten.

Als sie dann der linken Tür etwas näher gekommen war, sah sie, dass sich auch das Schild darüber verändert hatte. Sie konnte nun lesen: Unbequemlichkeiten SELBST ERLEDIGEN, OHNE Risiko KEINE WEITERENTWICKLUNG, Sorgen MIT DEM GELIEBTEN MENSCHEN TEILEN, Ungewissheit DURCH VERTRAUEN ERSETZEN!

Plötzlich erfasste sie eine innere Ruhe, die Ausgeglichenheit eines Menschen, der mit einem Mal genau weiß, was richtig und was falsch ist.

Mutig ging sie die letzten Meter bis zur Tür und umfasste die Klinke. Und in diesem Moment fühlte sie auch instinktiv, was es mit dem ominösen Sonntag auf sich und wer ihr diese Prüfung ermöglicht hatte!

SIE ÖFFNETE DIE TÜR.....

– Ende Teil 3 –

Finale

....und durch die geöffnete Tür traf sie ein helles Licht........

„Christelchen, mein Schatz, aufwachen, du weißt doch, was für ein Tag heute ist..."

Christel, schon durch einen hellen Sonnenstrahl wach gekitzelt geworden, fühlte, wie die Hand ihres Mannes ihre Schulter liebkoste und wie er sie dann fest umarmte. Sie genoss die Nähe seines warmen Körpers, der sich von hinten an sie drängte. „Nur noch einen kleinen Augenblick Schatz, ich glaube, ich habe irgendetwas Seltsames geträumt, weiß aber nicht mehr richtig was...?!?

„Bleib ruhig noch etwas liegen, ich gehe schon mal Frühstück machen...und das bringe ich dir heute selbstverständlich ans Bett...nein, ins Bett!
Er stand auf und ging nackt wie immer aus dem Zimmer...seit ihre gemeinsame Tochter das Haus verlassen hatte, um sich auf eigene Füße zu stellen, waren sie beide in dieser Richtung recht ungezwungen geworden.
„Ein netter Anblick", dachte sie still in sich hinein lächelnd so bei sich, „auch nach all den Jahren noch!"

Erinnerungen kamen auf, an die Zeit des ersten Kennenlernens, heute – an diesem Sonntag – genau 37 Jahre her! Sie feierten ihren Jahrestag eigentlich jedes Jahr, aber ganz besonders, wenn er auf einen Sonntag fiel, weil sie sich an einem Sonntag kennengelernt hatten.

Damals hatte ein gemeinsamer Bekannter sie einander vorgestellt...Mein Gott, süße 14 Jahre alt war sie damals gewesen...Allerdings war ihr Zusammensein erst einmal nicht sehr von Erfolg gekrönt, da Dieter erst eine sehr wilde Phase durchleben musste, bevor er – gerade noch rechtzeitig – reumütig wiederkehrte.

Gerade noch rechtzeitig deshalb, weil sie drauf und dran gewesen war, dem Drängen eines anderen Jungen nach zu geben, vielleicht verletzt durch den Weggang ihres jetzigen Mannes, vielleicht auch durch die Familie, oder weil es ihr damals einfach als ein sicherer Weg erschien....!
Aber dann hatte sie den Heimgekehrten doch erhört und sie hatten sich trotz aller Unbequemlichkeiten und anfänglicher Sorgen, die sie durch ihre Liebe überwunden hatten und trotz gewisser Risiken und Ungewissheiten, eine geordnete Existenz in Form eines gemeinsamen Ladens für gehobene Antiquitäten und wertvoller alter Bücher und seines kleinen Nebeneinkommens als Schriftsteller gegründet.
Seitdem waren sie fast jeden Tag zusammen gewesen, ohne dass sie es jemals bereut hatten, ohne sich auf die Nerven zu gehen, so als ob der liebe Gott dies alles zusammengefügt hatte und seine schützende Hand darüber hielt...
Und da kam Dieter, das Dieterchen, das versprochen hatte, sie immer zu beschützen, zu respektieren, zu ehren und zu lieben und der sie auch nie wieder im Stich gelassen hatte, wieder mit einem Tablett herein, das wohl gefüllt mit Köstlichkeiten und herrlich duftendem Kaffee war. Er setzte das Tablett ab, beugte sich zu ihr herunter und küsste sie sanft auf die Stirn! „Ich liebe dich", sagte er, „mehr als mein Leben! Ist alles in Ordnung, Liebes?"

Sie blickte zu ihm hoch und plötzlich fuhr ihr ein ganz leichter Schauer über den Rücken und ein flüchtiger Gedanke, eine Erinnerung an etwas, das nebelhaft in ihrem Gedächtnis verankert war, stieg in ihr hoch, verblasste aber gleich wieder und machte einem Gefühl der Geborgenheit Platz! „Nein, nein mein Schatz, es ist alles wundervoll!"
„…..UND HEUTE IST SONNTAG......!"

ICH KANN AUCH SPANNEND...

...und eigentlich mache ich das auch am liebsten. Etwas subtile Grausamkeit gefällig? Kommt sofort!

Russisch Roulette

Meine Lieblingsgeschichte! Nicht weil ich mich
irgendwie mit dem Inhalt identifizieren könnte,
sondern weil sie absolut polarisierend auf alle wirkte,
denen ich sie zur Begutachtung überließ...und mit
völlig überraschenden Ergebnissen!
Ich habe dadurch mein Bild von einigen Bekannten
komplett revidieren müssen...!

Marie saß in der Küche und heulte wieder einmal, wie so oft in der letzten Zeit. Der aktuelle Grund lag in Form eines zerbrochenen Gurkenglases auf dem Küchenboden. Nur ein Versehen, eine ungeschickte Bewegung und ein paar beschissene Gurken, aber irgendwie signifikant für ihre derzeitige Situation.

Seit Lars sie vor ein paar Monaten verlassen hatte, passierten ihr dauernd solche Sachen. Nicht dass sie ihm besonders nachtrauerte, so toll waren die 15 Jahre Ehe auch nicht gewesen, aber irgendwie war der Zeitpunkt ganz schlecht. Im Job lief es nicht gerade rund, ihr vierzigster Geburtstag stand vor der Tür, die Hypotheken des kleinen Hauses hier am Stadtrand drückten, und sie hatte es nun auch endgültig und schwarz auf weiß, dass sie niemals Kinder bekommen würde.

Das war aber nicht der Grund, warum dieses Arschloch abgehauen war, Lars mochte eigentlich gar keine Kinder. Auch über ihr Aussehen konnte er sich eigentlich nicht beschweren, sie hatte immer auf ihr Äußeres geachtet und war ganz gut in Form. Nicht einmal eine andere Frau war im Spiel, für ihn hatte sich die Beziehung einfach totgelaufen.

Langsam macht sich ein leicht stechender, süß-säuerlicher Geruch in der Küche breit und sie stand auf, um die Sauerei wegzumachen. Um den Gestank nicht im Haus zu haben, brachte sie die Überreste - gleich zusammen mit dem restlichen Abfall der Woche – zu der Mülleimerkollektion im hinteren Teil des Gartens.

Sie blieb noch einen Moment stehen, um die vollkommene Stille zu genießen, welche die Abgeschiedenheit des Hauses - selbst zu dieser noch relativ frühen Stunde eines Freitagabends - mit sich brachte.

Für das Wochenende war nichts Großartiges geplant. Sie wollte anfangen, den Garten winterfest zu machen, etwas lesen und sich selbstverständlich wieder ausgiebig in Selbstmitleid suhlen.

Als Marie zurück ins Haus ging, schloss sie gewohnheitsmäßig gleich die Tür ab, damit sie es später nicht vergaß.

Denn auch wenn Lars nicht gerade ein Ausbund an Tapferkeit gewesen war, hatte sie sich mit ihm im Haus doch etwas sicherer gefühlt.

Trotzdem reagierte sie eher mit einer leichten Verwunderung als mit einem großen Schrecken auf den Umstand, dass sich plötzlich von hinten ein Arm um ihren Oberkörper legte und ihr gleichzeitig ein feuchter, leicht süßlich stinkender Lappen auf Mund und Nase gepresst wurde.

Blackout!

_____

Als sie wieder zu sich kam, hörte sie wohl, dass jemand zu ihr sprach, aber es kam alles wie durch Ohropax gedämpft bei ihr an. Auch schien ihr Gesichtsfeld irgendwie durch eine Nebelwand eingeschränkt zu sein.
„Guten Abend, Marie!" glaubte sie endlich eine Männerstimme hinter sich zu vernehmen und registrierte nun auch, dass sie auf ihrem Bett im Schlafzimmer liegen musste.
Jetzt erst durchfuhr sie ein heißer Blitz des Verstehens und der Angst, zudem verstärkt von der Erkenntnis, dass sie nichts außer ihrem Kopf bewegen konnte. Jemand hatte sie komplett entkleidet und mit gespreizten Armen und Beinen an das Bett gefesselt. Dieser Jemand hatte außerdem das Bett etwas von der Wand weg und mehr zur Mitte des Raumes geschoben. Ihre Hand- und Fußgelenke waren jeweils von einer Art Manschette aus gelbem Schaumstoff umhüllt und mit stabilen Seilen an den kurzen Füßen des Futonartigen Bettes befestigt.
Sie wollte schreien, brachte aber nichts als ein krächzendes Keuchen zustande.

„Ich muss dich bitten, trotz dieser für dich sicher nicht sehr angenehmen Situation, nicht hysterisch zu werden oder in Panik zu verfallen."
Sie versuchte den Kopf so zu drehen, dass sie den Sprecher sehen konnte, aber die Art der Fesselung ließ auch Kopfbewegungen nur beschränkt zu. „Wer sind sie und was wollen sie", hörte sie sich fragen und ärgerte sich gleichzeitig über die Klischeehaftigkeit dieser

Worte, denn die Antwort auf den ersten Teil der Frage würde sie wohl kaum bekommen und die auf den zweiten Teil konnte sie sich angesichts der Situation selbst geben.
Er würde sie bestenfalls „nur" vergewaltigen, vielleicht auch noch ein wenig foltern und letztendlich wahrscheinlich töten.
Plötzlich war sie gar nicht mehr scharf darauf, ihn zu sehen! *Wenn er maskiert ist und ich ihn nicht identifizieren kann, lässt er mich vielleicht leben. Oh bitte Gott, lass ihn maskiert sein!*

Ihr Herz begann rasend schnell zu schlagen, als sie hörte, dass er sich bewegte und um das Bett ging. Sie schloss die Augen und drehte den Kopf in die entgegengesetzte Richtung.

„Ich werde dir nun versuchen zu erklären, wie sich der weitere Verlauf unseres kleinen Rendezvous gestalten wird. Zuerst einmal kannst du ruhig die Augen aufmachen, denn was auch geschieht, ich werde dich nicht töten. Wenn du mir genau zuhörst, wirst du auch verstehen warum!"
Zögernd öffnete sie die Augen und sah einen eher unauffälligen Mann mittleren Alters und mit Jeans und weißem T-Shirt eher salopp gekleidet, in etwa einem Meter Entfernung neben dem Bett stehen.
Er entsprach irgendwie so gar nicht ihrer Vorstellung eines geistesgestörten Triebtäters – obwohl es da sicherlich auch keine verbindlichen Normen gab.

„Ich beobachte dich nun schon etwa einen Monat, seit ich dich zufällig im Supermarkt gesehen habe und du schienst mir von Anfang an die geeignete Person zur Durchführung meines Plans zu sein! Zuerst einmal erfülltest du die ästhetischen Voraussetzungen und die Art deines Einkaufs ließ auf einen Singlehaushalt schließen. Ich folgte dir mit dem Auto in sicherem Abstand und fand auch die Lage deines Hauses absolut ideal zur Durchführung meines Plans. Um ganz sicher zu gehen, dass sich nicht etwa ein etwaiger Partner gerade auf Geschäftsreise befindet oder sonst wie überraschend auftauchen könnte, wartete ich aber noch ab, studierte deine Gewohnheiten und fand den heutigen Abend einfach perfekt. Schließlich hast du mir ja auch noch netterweise vorhin die Tür

aufgelassen."
Maries Angst wurde immer größer! Ein Monat schon....mein Gott.
Fast wünschte sie, er würde aufhören zu reden und tun, was
sowieso nicht zu vermeiden war!

Plötzlich zog er eine Pistole aus seiner rechten hinteren
Jeanstasche. Sie erstarrte. „Sie.., sie haben gesagt, sie würden mich
leben lassen, bitte ..."

Er ging in die Hocke, nahm die Pistole am Lauf und hielt sie ihr mit
zwei Fingern vor das Gesicht. "Das", sagte er leise, „das ist nicht die
Waffe, mit der ich dich umbringen werde, sondern die Waffe, mit der
du mich umbringen wirst!"

———————————————

Marie versuchte zu rekapitulieren, was er ihr gerade erzählt hatte,
um es zu verstehen.

„Ich habe vor einiger Zeit beschlossen, meinem Leben ein Ende zu
setzen, der Grund spielt keine Rolle. Gleichzeitig wollte ich aber
auch noch einmal Sex mit einer schönen Frau haben, und zwar nach
meinen Vorstellungen und Regeln. Daher habe ich einen Plan
entworfen, der beide Details nicht nur berücksichtigt, sondern
voneinander abhängig macht und für den eine Prostituierte nicht
infrage käme.
Ich denke, ich gehe nicht fehl in der Annahme, dass es nichts
Schlimmeres und Erniedrigenderes für eine Frau gibt, als gegen
ihren Willen zum Sex gezwungen, vergewaltigt, entehrt, benutzt zu
werden. Ich werde definitiv Sex mit dir haben, und da ich nicht
annehme, dass du dich in dieser Situation spontan in mich verlieben
wirst, werde ich mir mit Gewalt nehmen, was ich möchte.
Die Fesselung dient eigentlich nur deinem eigenen Schutz, denn ich
möchte nicht, dass du zu dem zu erwartenden seelischen Schmerz
auch noch verletzt wirst. Daher auch die Schaumstoffmanschetten

an deinen Gelenken. Die Waffe wird die ganze Zeit hier auf deinem Nachttisch liegen. Wenn ich mit dir fertig bin, werde ich dich losmachen und dir die Gelegenheit geben, dich an mir stellvertretend für alle Frauen, denen Ähnliches passiert ist, zu rächen. Es sind zwei Schuss im Magazin, falls ich nach der ersten Kugel noch nicht tot sein sollte.

Solltest du in Erwägung ziehen, nicht zu schießen, sondern die Polizei zu rufen, nehme ich die Waffe wieder an mich und werde einer weiteren Frau antun, was ich dir anzutun gedenke.

Aber ich gehe davon aus, dass du meinem Wunsch entsprechen wirst, zumal dich kein Gericht der Welt dafür zur Verantwortung ziehen wird, wenn du deinem Vergewaltiger in einem günstigen Augenblick die Waffe entwendest und ihn in Notwehr erschießt."

Der Ekel und die Gewissheit dessen, was nun folgen würde, ließen bei Marie einen Teil der Angst in Wut umschlagen. „Warum willst du mir das antun? Schau dir einen Porno an, hol dir einen runter und gib dir selbst die Kugel."

Er begann langsam, sich auszuziehen. „Du wirst...... verstehen. Bald! Schließ die Augen und versuche dich zu entspannen." „Fass mich nicht an, du Schwein, lass mich in Ruhe, ich ..."

Sie zitterte vor Wut und Scham und ihr ganzer Körper verkrampfte sich so, dass es schon wehtat, als er wieder hinter sie trat und mit den Fingerspitzen der beiden Hände ihren Haaransatz berührte. Sie versuchte, den Kopf weg zudrehen, was ihr aber natürlich nicht gelang. Seine Hände fühlten sich warm an, obwohl die Raumtemperatur eher niedrig war. Doch auch sie hatte in diesem Moment kein Kälteempfinden. Mit eher sanften Bewegungen ließ er seine Fingerspitzen durch ihre Haare kreisen, massierte ihre Schläfen. Diese unerwartete Liebkosung verunsicherte sie etwas, hatte für sie aber nichts Beruhigendes, eher etwas Verhöhnendes. *Er spielt mit mir, will mich zappeln lassen...*

Seine Hände wanderten zur Halspartie, in den Nacken und hinter die Ohren, immer noch sanft, immer noch kreisend.

Sie merkte, dass er sich hinter sie kniete, während seine Hände wieder etwas weiter wanderten. Erst mit seinen Fingerkuppen, dann mit den ganzen Handinnenflächen streichelte er ihre Schultern und die Oberarme, dann die Unterarme, während er gleichzeitig mit den Lippen ihren Halsansatz berührte.

Plötzlich stand er auf, nestelte an seiner Kleidung, die er achtlos auf den Boden geworfen hatte, und kam zurück, die Hände so haltend, dass sie sie nicht sehen konnte.
Oh Gott, er will mich foltern. Das bisher war nur eine Farce...

Er trat seitlich an das Bett und hielt jetzt in jeder Hand eine Feder, eine hundsgewöhnliche Taubenfeder, wie man sie in jeder Stadt finden kann. Er beugte sich über sie und fing an, mit den Federn über ihre beiden Arme zu streichen, von den Handgelenken bis zu den Achselhöhlen,, wieder und wieder. Alles in ihr versteifte sich zunächst erneut, aber gleichzeitig begann ihr Körper, auf diese bisher nie erfahrenen Liebkosungen zu reagieren. Als die Federn begannen, sich um ihre Brüste zu bewegen, merkte sie, wie sich ihre Brustwarzen aufrichteten. Fast fühlte sie sich von ihnen verraten, es machte sie wütend, dass hier etwas passierte, was ganz und gar nicht passieren sollte, sie aber nicht beeinflussen konnte. Der Namenlose beugte sich über sie und nahm nacheinander die beiden abtrünnigen Hügelchen zwischen seine Lippen, um sie dann mit seiner Zunge zu umkreisen.

Fast gleichzeitig begannen sie beide. etwas schneller zu atmen.

Marie bemerkte nun auch an ihm eine nicht zu übersehende Reaktion auf das Geschehen.
Er trat ans Fußende und begann erneut, die beiden Federn einzusetzen, diesmal bei ihren Füßen beginnend. Eigentlich war sie kitzlig, aber die Art der Berührungen ließen sie eher auf eine andere Art erschaudern. Unter die Fußsohlen, zwischen die Zehen, über den Spann und die Unterschenkel führte er die beiden „Folterobjekte" und sie bemerkte zu ihrem Unwillen, dass ihre ursprüngliche Verkrampfung einer Anspannung anderer Art wich, die sie bei Lars so nie empfunden hatte.

Der Unbekannte schien diese Veränderung zu registrieren. Er stieg auf das Bett, kniete nun zwischen ihren Beinen und begann sein Werk erneut an den Innenseiten ihrer Oberschenkel.

Marie hatte nun fast die Kontrolle über ihren Körper verloren und spürte ein geiles Ziehen in ihrem Unterkörper, die lähmende Angst wich einem immer stärker werdenden Verlangen nach der Befriedigung lange vernachlässigter Bedürfnisse. Sie hörte, wie auch der Mann immer stärker atmete. Er rutschte etwas zurück, legte die Federn beiseite, schob beide Hände unter ihren Po und hob ihn leicht an, bevor er seinen Mund in ihren Schoß vergrub. Seine Zunge fand genau die Stellen, die sie finden sollte, und ließen den Erwartungsdruck in Maries Unterkörper fast schmerzhaft ansteigen. Sie begann zu keuchen und merkte, wie Ihr der Saft ihrer eigenen Geilheit mit seinem Speichel vermischt den Oberschenkel entlang lief. Als sie merkte, dass der Höhepunkt nicht mehr lange aufzuhalten war und sich alles in ihr darauf konzentrierte, ließ er plötzlich von ihr ab.

Er stand auf, ließ sie in einer Mischung aus Verständnislosigkeit und Frust liegen, setzte sich dann neben sie ans Kopfende und schaute sie an, ohne etwas zu sagen. „Was soll das jetzt, keine Lust mehr?" presste sie zwischen den Lippen hervor, vergeblich versuchend, eine gewisse Enttäuschung zu verbergen.

Im nächsten Moment hätte sie sich die Zunge dafür abbeißen können, denn sein impertinentes Grinsen und die Art, wie er ihre linke Wange tätschelte, zeigten ihr, dass er genau diese Reaktion erwartet hatte. Wieder stieg Wut in ihr hoch, doch dieses Mal eine fast schäumende Wut, die alles umfasste, was ihr in den letzten Monaten widerfahren war. „Mach mich los du elendes Schwein, dann jage ich dir mit Freuden eine Kugel in den Schädel!"

Sie bäumte sich in ihren Fesseln auf, während er sie nur anschaute. Dann nahm er ihren Kopf in beide Hände und küsste sie. Mit sanfter Gewalt drang seine Zunge zwischen ihre Lippen, während sie zu ihrer eigenen Verwunderung nicht dem Impuls nachgab, sie ihm abzubeißen.

Er ließ sie los und begann nun mit einer Hand ihre Brüste zu massieren, während er sich mit der anderen ihrem Lustpunkt widmete. Immer schneller und eindringlicher bewegten sich seine Hände, seine Überheblichkeit und Coolness wichen purem Verlangen.

Marie begann zu keuchen, sie warf den Kopf hin und her und riss an ihren Fesseln. „Fick mich du Sau!" schrie sie, „Fick mich endlich!!!" Sie heulte fast vor Verlagen und merkte kaum, wie er sich nun auf sie warf und in sie eindrang.

Und dann, als wären plötzlich alle Dämme gebrochen, wurden alle Demütigungen, aller Frust, alle Traurigkeit, die Angst und die Anspannungen der letzten Zeit und alle aufgestauten Tränen in den multiplen, stakkatoartigen Wellen eines nicht enden wollenden Höhepunktes aus ihr herausgeschleudert! Ihr Körper erzitterte wie unter Stromstößen, den sich immer noch an sie klammernden Mann zu einem eher hilflosen Statisten degradierend.

Er band sie schweigend los und begann ihre Arme und Beine zu massieren.

Sie war kaum fähig, sich zu rühren oder einen einigermaßen klaren Gedanken zu fassen. Zu abgefahren waren die letzten Augenblicke gewesen. Dann registrierte sie, wie er sich anzog, mit dem Rücken zu ihr, als sei nichts passiert.

Fast mechanisch richtete sich auf, nahm die Pistole in die Hand und ließ sie vage in seine Richtung zeigen. Er bemerkte die Bewegung und da war er wieder, dieser leicht überhebliche Gesichtsausdruck. „Oh bitte!" sagte er fast vorwurfsvoll.

„Du...Du willst dich gar nicht umbringen lassen, oder? Das war alles genau so geplant, nur eine Art gefährliches, perverses Spielchen, das dir den besonderen Kick gibt?!? Du wusstest, dass die Gefahr eher gering ist, dass dich eine Frau nach so einem Erlebnis einfach abschießen könnte, ist es nicht so? Wahrscheinlich sind nicht einmal Kugeln im Magazin!"

Er kam zu ihr, ganz nah, strich über die Waffe, fast so, wie er vorher ihren Körper gestreichelt hatte. „Doch, sie ist geladen! Zwei Kugeln, wie versprochen. Aber du hast recht, meine eigentliche Intention war eine andere, wenn auch ähnliche! Wie du sicherlich bemerkt hast, bin ich nicht ganz ungeschickt in gewissen Dingen, ich betrachte mich gewissermaßen als Künstler und der Körper einer Frau ist für mich wie die Leinwand für einen Maler oder das leere Notenblatt für einen Komponisten! Ich habe nun irgendwann einmal für mich beschlossen, der ultimative Künstler auf diesem Gebiet zu sein, der beste Liebhaber der Welt.

Nun ist es aber so, dass ein Liebesspiel unter normalen, alltäglichen Umständen auch immer nur normal und alltäglich sein kann, also keine besondere Herausforderung für mich. Außerdem werde ich natürlich auch nicht jünger, und so kam mir vor einigen Jahren die Idee, in regelmäßigen Abständen zu überprüfen, ob ich meinen eigenen Wertmaßstäben noch genüge. Seitdem teste ich meine Fähigkeiten jedes Jahr einmal unter den schwersten vorstellbaren Voraussetzungen, unter ähnlichen Bedingungen, wie wir beide sie gerade erlebt haben. Schaffe ich es nicht, einer Frau das ultimative Erlebnis zu verschaffen, habe ich versagt, der Sinn meines Lebens ist zerstört und ich bin tot. So einfach ist das." Das heißt, du hast schon öfter.....?" „Seit zehn Jahren, jedes Jahr einmal. Keine hat bisher geschossen, keine mich angezeigt."

Marie ließ die Pistole sinken und registrierte nun erst richtig, dass sie immer noch nackt war. Sie drehte sich etwas von ihm weg. „Könnten wir nicht, ich meine...." „ Uns noch einmal treffen, Sex haben? Das kann nicht ein Ernst sein! Was sollte dieses Erlebnis denn noch toppen? Jeder normale Sex zwischen uns wäre ab jetzt bestenfalls zweitklassig, banal. So ein Erlebnis kann man nur einmal haben, danach kann nichts mehr kommen...!"
Etwas in Marie machte *Klick* und sie war mindestens eben so erstaunt über sich, wie der Mann, dessen Namen sie nun wohl nie mehr erfahren würde, als sich auf seinem weißen T-Shirt in Höhe des Herzens plötzlich ein roter Fleck ausbreitete. Verständnislos blickte er sie an, jede Spur von Überheblichkeit war aus seinem Gesicht gewichen. „Aber... aber was..." Er sackte zusammen, fiel in eine groteske Haltung halb auf den Rücken, halb auf die Seite. Marie packte ganz ruhig die noch qualmende Pistole beiseite, legte sich zu

ihm auf den Boden und schmiegte sich an ihn, sodass der Schweiß, der immer noch ihren Körper bedeckte, sich mit seinem Blut zu einem blassroten Rinnsal vermischte.

„Weißt du", flüsterte sie ihm ins Ohr, „als mein Arschloch von Mann abgehauen ist, hätte ich ihn am liebsten umgebracht, auch wenn er nur ein ganz lausiger Liebhaber war. Und da glaubst du, ich könnte dich so einfach gehen lassen?"

––––––––––––––––––

Marie saß auf dem Bett und spielte gedankenverloren mit der Pistole. *Recht hat er, danach kann nichts mehr kommen*, dachte sie, bevor sie die zweite Kugel für sich beanspruchte....

Nette Leute

Den größten Teil dieses Buches habe ich im Sommer
2012 in einem Schwimmverein meiner Heimatstadt
fertiggestellt, in den ich kurz vorher eingetreten war.
Die meisten der Mitglieder, die sich eigentlich ständig
und von morgens bis abends dort aufhielten, waren
naturgemäß schon berentet...und hatten im Lauf der
Jahre so ihre kleinen liebenswerten Macken
entwickelt!
Und die musste ich irgendwie verarbeiten!!!

Seit etwa drei Wochen war ich nun wieder zurück. Hatte mich mein halbes Leben in der Weltgeschichte herumgetrieben, teilweise aus beruflichen Gründen, aber auch, um der miefigen Atmosphäre der Industriestadt Ludwigshafen zu entkommen, in der ich aufgewachsen war und mit der mich von jeher eine Art Hassliebe verbunden hatte.
Jetzt waren meine Eltern alt und etwas hilflos geworden und ich hatte eine Jobofferte angenommen, die es mir ermöglichte, meine Geschwister bei der Pflege zu unterstützen.

So langsam fand ich mich bereits wieder einigermaßen zurecht, denn es hatte sich in den letzten 20 Jahren doch einiges verändert, wenn auch meist nicht zum Besseren. Es war Sommer, die Jahreszeit, wegen der allein sich die Rückkehr schon gelohnt hatte, denn die warme Jahreszeit war hier immer noch etwas wärmer als im großen Rest von Deutschland. Und so nutzte ich meine Feierabende, um ein wenig herum zu cruisen und die Stadt nach Bekanntem, Unbekanntem, Vertrautem und völlig Fremdem abzugrasen.
Mein alter Freund Peter, zu dem die Verbindung nie ganz abgerissen war, hatte mir den einen oder anderen Tipp gegeben und so wollte ich heute einmal nach geeigneten Möglichkeiten Ausschau halten, um meinen Körper in den kommenden Wochen und Monaten möglichst oft der viel geschmähten UV-Strahlung auszusetzen.

Schon als Kind war ich ein absoluter Sonnenanbeter gewesen und das hatte sich – allen Warnrufen zum Trotz – auch nie geändert. Ich hatte gerade das Bliesbad hinter mir, wo man mittlerweile auch schon zahlen musste...früher waren Freibäder mit Benutzungsgebühr hier eher die Ausnahme...und fuhr nun Richtung Friesenheim, wo ich auch den einen oder anderen Weiher wusste. Da ich heute recht lange gearbeitet hatte, wurde es schon etwas dämmrig, aber es war immer noch recht warm und die Luft herrlich warm...was gibt es Geileres, als dann mit dem offenen Cabrio die Gegend zu erkunden!

Ich war nun in der Region angekommen, in der ich die Ansammlung von Baggerweihern vermutete, die ich mir einmal näher anschauen wollte.

Als Erstes fand ich dann auch noch das Willersinnbad vor, ein abgeschlossenes Badegelände für die ganze Familie, in dem ich früher auch den einen oder anderen Sommertag verbracht hatte. Vor dem Gelände parkten noch einige Autos und Fahrräder, aber eigentlich schien der Badetag vorbei zu sein. Ich stieg trotzdem kurz aus, orientierte mich auf dem außen angebrachten Schild über Preise und Öffnungszeiten und fuhr dann weiter.

Plötzlich kam ich dann an einem kleineren Parkplatz vorbei, der zu einem mit Mauern und Gitter begrenztem Areal zu gehören schien. Eine unerklärliche Neugier bewog mich, auf den Platz einzubiegen – trotz eines Hinweisschildes, dass das Parken nur Mitgliedern gestattete – und ich stellte mein Auto auf der gekennzeichneten Fläche ab. Anscheinend war das Gelände aber geschlossen, denn es war sonst weit und breit kein Auto zu sehen.
Trotzdem stieg ich aus und näherte mich langsam dem Eingangsbereich, der aus einer eisernen Pforte bestand. Die Pforte schien verschlossenen zu sein und so schaute ich erst einmal durch die Stäbe, ob ich irgendetwas erkennen konnte.
Ich sah im unmittelbaren Eingangsbereich einen gepflasterten Vorplatz, eine Treppe und etwas weiter entfernt einen Weiher, der langsam in der Dämmerung verschwand ... aber keine Menschen!
Noch überlegend, ob ich versuchen sollte, die Tür zu öffnen, entschied mich dann aber dagegen, wandte mich um und wollte wieder gehen.
„Eigentlich nur für Mitglieder!" hörte ich plötzlich eine angenehme weibliche Stimme hinter mir ... aber wenn Sie einmal schauen möchten ..." Erstaunt drehte ich mich um. „Ach, ich dachte, hier wäre keiner ... hatte niemanden bemerkt?!?" „Ja ... das scheint wohl manchmal so", meinte die Sprecherin, die sich als sehr attraktive Frau, etwa Mitte 30 entpuppte. „Wir sind hier eine kleine verschworene Gemeinschaft ...und es kommen recht selten neue Mitglieder hinzu...aber wie gesagt, wenn Sie einmal schauen möchten...?" „Oh, recht gerne, aber heute nicht mehr ... ist ja doch schon etwas spät ... vielleicht schaue ich morgen mal etwas früher

vorbei!" „Wann immer Sie wollen, ich werde da sein und ich zeige Ihnen gerne einmal das ganze Gelände. Also ... vielleicht bis morgen!"

„Ja, vielleicht bis morgen." Ich schickte ihr mein schönstes Lächeln und wünschte mir spontan, etwa 20 Jahre jünger zu sein.

Als ich wieder im Auto saß, hatte ich plötzlich das Gefühl, als müsste ich diese Frau kennen, aber das konnte nicht sein ... ich war fast 25 Jahre fort gewesen und damals hätte sie höchsten 10 Jahre alt gewesen sein können. Trotzdem ... irgendetwas in ihrem Gesicht, ihrer Haltung ...?! „Ach Dieter, du spinnst, war ein langer Tag!" sagte ich zu mir selbst und fuhr nach Hause.

Später – ich hatte eine Kleinigkeit gegessen und es mir auf dem Sofa gemütlich gemacht – rief ich Peter an. Wir klönten ein wenig über alte Zeiten und irgendwann erzählte ich ihm auch von meinem heutigen Erlebnis. „Wo soll das gewesen sein?" fragte er. Ich versuchte, es ihm so gut wie möglich zu erklären.

„Also, mein Freund, da wo du gewesen ein willst, ist höchstens das alte Vereinsgelände des Ludwigshafener Schwimmvereins ... aber dann kann das nicht sein, was du mir erzählst!" „Wieso das denn nicht?" „Ganz einfach", erwiderte er. „Es muss jetzt so etwa 20 Jahre her sein, du warst damals schon längere Zeit weg, da hat es es einen fürchterlichen Unfall gegeben. In der BASF war eine extrem giftige Substanz über ein Überlaufbecken ins Grundwasser geraten und diese Grundwasseradern hatten eine direkte Verbindung zu dem Badeweiher eben dieses Schwimmvereins. Eine Verkettung äußerst unglücklicher Umstände. Es war ein heißer Sommertag, etwa so wie heute und eine entsprechende Menge Leute auf dem Gelände ...Na ja, jedenfalls hatte sich diese Chemikalie dann in den See ergossen und dort schon verheerenden Schaden an den Fischen und Wasservögeln angerichtet ... aber das Schlimmste war, dass sie in Verbindung mit Sauerstoff ein tödliches, aber fast geruchloses Gas entwickelte, dem in kurzer Zeit – bevor noch irgendjemand Alarm geben konnte – über fünfzig Menschen zum Opfer fielen. Als die Ersten starben, ergriff dann natürlich die Mehrzahl die Flucht, aber für die Betroffenen kam jede Hilfe zu spät. Eine fürchterliche Tragödie war das damals ... und das Gelände wurde natürlich geschlossen, und soweit mir bekannt ist, auch niemals wieder in Betrieb genommen. Wozu auch, der Verein hat längst ein anderes Areal gefunden! Wer weiß, wo du also heute gewesen bist." „Keine Ahnung," lachte ich ins Telefon, so genau kenne ich mich in der Gegend nicht aus ... und es gibt ja jede Menge Baggerweiher dort. Egal, ich fahre da morgen Nachmittag mal hin, schaue mir das an und werde dir dann berichten!" „Mach das Alter, bis dann!"

Am nächsten Tag machte ich gegen 15 Uhr Feierabend und fuhr in der freudigen Erwartung, die hübsche junge Frau wiedersehen zu können, in die gleiche Richtung wie gestern.
Wieder kam ich zu dem kleinen Parkplatz ... und zu meinem Erstaunen waren wieder keine Autos darauf zu sehen. Das kam mir jetzt doch etwas seltsam vor ... vielleicht war ja auch gar nicht offen ... aber die Frau hatte doch gesagt, ich solle heute wieder kommen...Seltsam!

Ich näherte mich dem Tor, das wieder verschlossen aussah, und schaute hindurch....und wieder schien es, als wäre das Gelände mit einem leichten Schleier bedeckt, der irgendwie alle Konturen verschwimmen ließ und die Sicht beeinträchtigte. Ich drückte die Klinke herunter, aber die Tür war tatsächlich zu. „Tja, dann nicht!" dachte ich und wollte mich schon enttäuscht abwenden, als ich plötzlich meine gestrige Bekanntschaft kommen und sich der Tür nähern sah. „Nicht so eilig, junger Mann!" sagte sie mit einem leicht ironischen Unterton, ergriff die Klinke und öffnete zu meiner großen Verwunderung mühelos die Pforte.

„Schön, dass Sie gekommen sind...ach übrigens, eigentlich sind wir hier alle per Du, wäre das in Ordnung? Ich bin übrigens Birgit" „Ja klar," erwiderte ich, „ich hasse Förmlichkeiten! Dieter ist mein Name." Mit der Nennung ihres Namens hatte Birgit wieder eine Art Erinnerungsschub ausgelöst, aber ich musste das alles noch sortieren.

„Das ist gut...wir kennen uns hier alle einfach schon sehr lange und verbringen sehr viel Zeit miteinander..." Irgendwie glaubte ich bei diesen Worten zu bemerken, dass ihr Gesicht etwas ernster geworden war, aber nur einen ganz kurzen Moment...
„Lass mich dich etwas herum führen, das Gelände ist nicht riesig, aber es gibt doch so einiges zu sehen."
Seit ich das Areal betreten hatte, war es, als könnte ich plötzlich viel klarer sehen, als hätte jemand eine Art Vorhang weggezogen oder als wäre die Sonne hinter irgendwelchen Wolken hervor gekrochen...es war nun doch eine ganze Menge Leute da, die teils am Strand lagen, teils in einer Art Biergarten an Tischen saßen und Getränke und Speisen zu sich nahmen...eigentlich waren auch alle Altersgruppen vertreten, wobei aber die Generation Ü60 die zahlenmäßige Oberhand zu haben schien.

Wir standen nun am Rand des Eingangsbereiches mit Blick auf Strand und See und ich sah plötzlich eine ältere Frau, die mit wedelnden Armen und schnellen Schrittes über den Strand lief und laut „die Gänse, die Gänse" rufend, einer Schar eben solcher Vögel hinterher jagte...was sie aber nicht davon abhielt, ab und zu zu stoppen und irgendwelchen Leuten, die schon dort lagen oder liefen, ebenso laut „seid ihr Mitglieder, habt ihr euren Ausweis dabei?" zu zu rufen.
Meinen doch etwas erstaunten Blick bemerkend, meinte Birgit Augen zwinkernd: „Da darfst du dir nichts bei denken, das ist Reni, unser selbst ernannter Strandsherrif.. Sie hat es sich zur Aufgabe gemacht, hier für Ordnung zu sorgen...obwohl sie eigentlich langsam wissen sollte, dass alle die hier sind, einen Ausweis haben...außer dir natürlich." Bei diesen Worten sah sie mich wieder etwas seltsam an.
Die Gänse hatten mittlerweile die Richtung gewechselt und schienen sich einen Spaß aus diesem Spielchen zu machen.

„Komm", meinte Birgit, „ich zeige dir noch den Rest." Wir gingen an einigen Umkleidekabinen vorbei, eine kleine Treppe hinunter und befanden uns nun in dem Biergarten. Am ersten Tisch gleich saßen ein paar ältere Leute, die Birgit begrüßten, als hätten Sie sie gerade erst gesehen. „Und, Birgit,...warst du heute schon im Wasser?" „Ach

Udo, du weißt doch, erst ab 25 Grad!" „Birgit, wie geht's eigentlich deiner Mutter, die sieht man gar nicht mehr hier!?!" Birgits Gesicht wurde etwas frostiger. „Wie sollte das auch wohl gehen?" sagte sie recht leise. Der Mann, den sie Udo genannt hatte, wurde plötzlich unsicher... „Ach ja, ich vergesse immer wieder...!" „Komm, iss dein Eis und rede nicht so dummes Zeug," meinte nun eine resolute, neben ihm sitzende Frau, die sicherlich die seine sein musste.

„Das ist übrigens Dieter, von....draußen. Ich zeige ihm alles und vielleicht möchte er ja dann auch Mitglied bei uns werden. Wir haben ja nun schon sehr lange keine neuen Mitglieder mehr gehabt....!" In diesem Moment kam die alte Frau, die so vehement ihre Ordnungsaufgaben am Strand erledigt hatte, von eben diesem über eine kleine Treppe herauf und auf uns zu, nicht ohne nebenbei wieder einige andere Gäste nach ihren Ausweisen zu fragen. Birgit seufzte und sah mich schulterzuckend an. „Wir müssen sie eben nehmen, wie sie ist, fürchte ich!"

Bei uns angelangt, wollte diese Reni mir nun auch wohl dieselbe Frage stellen, wurde aber von Birgit abgeblockt. „Nein, er hat keinen Ausweis...noch nicht. Aber vielleicht ja bald?" „Birgit, es ist Zeit, ich muss jetzt etwas essen und eine Schorle trinken...und du auch. Ach übrigens...", meinte sie nun zu mir gewandt, „für wie alt würdest du mich schätzen, na?" Etwas überrascht zog ich mich mit einem „oh, höchstens Anfang 60!" aus der Affäre, was sie Birgit gegenüber mit den Worten: „Da siehst du es wieder...ALLE schätzen mich jünger. Viel jünger. Ich bin nämlich schon 76!" Ich tat wahnsinnig überrascht und das bewirkte wohl, dass sie mich spontan in ihr Herz schloss. Energisch wandte sie sich in Richtung Eingang zur Restauration und rief laut: „Und dafür gebe ich dir jetzt auch eine Schorle aus!" Oh Danke," rief ich genau so laut hinter ihr her, „aber ich trinke tagsüber keinen Alkohol, muss ja gleich noch nach Hause fahren!"

Schlagartig schienen alle Gespräche zu verstummen und alle Leute mich an zu starren. Auch Reni blieb stehen und wandte sich langsam zu mir um. Alle hatten plötzlich einen eigenartigen Ausdruck in den Augen. „Nach Hause..." hörte ich jemanden leise murmeln, „er hat gesagt...nach Hause...!"In diesem Moment fiel mir plötzlich ein, dass ich ja noch fragen wollte, warum keine Autos auf dem Parkplatz standen. Ich schaute Birgit an, „Sorry," meinte ich etwas verlegen, „hab ich etwas Falsches gesagt?" „Nein....nicht falsch...du kannst ja nicht wissen...ach komm, ich zeige dir noch schnell den Rest!"

Langsam kamen um uns herum die Gespräche wieder in Gang und ohne noch weiter auf das Geschehene einzugehen, führte mich Birgit weiter herum, stellte mich einigen Leuten – darunter auch ihrem Mann Torben und ihrem kleinen Töchterchen Nathalie – vor, aber es schien nun fast so, als hätte Sie es eilig, unseren Rundgang zu beenden und mich wieder los zu werden.

Irgendwann brachte sie mich wieder zur Pforte, sah mich an und fragte: „Na, was meinst du, könnte es dir bei uns gefallen?" Ich ließ kurz das Geschehene Revue passieren, und obwohl ja einiges recht schräg und skurril gewesen war, hörte ich mich sagen: „Ja, Gott, warum nicht?"
„Gut, dann wäre es wichtig, dass du morgen noch einmal vorbei kommst, um den Antrag zu unterschreiben...dann bekommst du auch gleich deinen Ausweis. Hast ja jetzt gesehen, wie wichtig der ist...schon wegen Reni. „Oh, morgen schon?" „Ja! Und wenn möglich zu der gleichen Zeit wie heute....weil...danach geht es erst einmal eine längere Zeit nicht mehr....wir haben einfach recht strenge Regeln hier." „Gut, ich denke, das kann ich einrichten...also, dann bis morgen! „Ja, ich werde wieder hier sein...natürlich wieder hier sein!" Sie lächelte noch einmal, ich wandte mich zur Pforte und hörte, während ich sie öffnete, vom Strand wieder „die Gänse, die Gänse...!"
Mit einem Grinsen zog ich die Tür hinter mir zu. Dann fiel mir wieder die Sache mit den fehlenden Autos ein, ich drehte mich noch einmal um...aber Birgit war schon verschwunden...und irgendwie hatte sich auch wieder dieser seltsame Schleier über die ganze Szenerie gelegt. Kopfschüttelnd stieg ich in mein Auto und fuhr nach Hause, überlegend, ob das denn auch wirklich das Richtige für mich wäre... Aber andererseits hatte man da einen festen Anlaufplatz und ein ausgewähltes...wenn auch etwas schrulliges Publikum.

Auch an diesem Abend rief ich Peter an und erstattete Bericht. „Hör zu Alter, ich weiß ja, dass du nicht säufst, aber irgendwas passt da nicht! Ich habe noch einmal im Internet nach geschaut...also, kurioserweise ist morgen, der 20. Jahrestag der Katastrophe...es ist also genau am 09. Juli 1992 passiert.. irgendwann in den frühen Nachmittagsstunden...ich habe dann auch noch einmal etwas herum telefoniert...und das Gelände wurde definitiv nicht wieder in Gebrauch genommen!" „Peter, ich sag dir was: Komm doch einfach morgen auch dahin, dann werden wir ja sehen!" „Gut, aber 15 Uhr ist mir zu früh, ich kann erst so gegen vier!" „Das ist okay...vielleicht kannst du ja dann gleich mit eintreten!" lachte ich. „Schau'n wir mal", entgegnete er und wir legten auf.

Ich dachte noch eine geraume Weile über das Geschehene nach, wurde dann aber müde und ging recht früh ins Bett. Trotz der Müdigkeit lag ich aber noch eine Weile wach...und plötzlich fiel mir ein, an wen mich Birgit erinnerte! Ich hatte einmal im Teeniealter ein paar Wochen lang eine Freundin namens Birgit gehabt, die – soweit ich das noch rekapitulieren konnte – natürlich viel jünger, aber ganz ähnlich ausgesehen und sich sogar ähnlich bewegt hatte...ein eigentlich unglaublicher Zufall! Vielleicht die Tochter, das konnte ja irgendwie hinkommen, aber das wäre dann schon ein fast einzigartiger Zufall! Über dem Gedanken, das morgen unbedingt auch fragen zu müssen, schlief ich schließlich ein.

Der nächste Tag war etwas hektisch und ich hatte große Mühe, mich rechtzeitig loszueisen, um einigermaßen pünktlich am Weiher zu sein, aber ich schaffte es dann immerhin bis acht Minuten nach Drei.

Aus dem Auto steigend – das irgendwie schon wieder das Einzige war – sah ich durch die Stäbe der Pforte Birgit schon warten.

„Ich hatte schon Angst, du würdest nicht kommen!" meinte sie mit leicht vorwurfsvollem Unterton. „Geschäfte, Geschäfte!" antwortete ich..., „es gibt ja leider auch ein Leben außerhalb des Weihers.." Das war eigentlich witzig gemeint, aber sie sah mich plötzlich so seltsam an, dass es mich unwillkürlich fröstelte! „Ja...irgendwie...für manche schon!" murmelte sie und vermied in diesem Moment jeden Augenkontakt. Gleich darauf wurde sie aber wieder fröhlich. „Komm, ich muss dich Franz, unserem Vorsitzenden, vorstellen! Er hat schon alles gerichtet, du musst nur noch unterschreiben!" Auf dem Strand sah ich Reni schon wieder den Gänsen nach jagen und konnte mir ein herzhaftes Gelächter nicht verkneifen. „Toll", sagte ich dann kann ich ihr ja nachher gleich meinen neuen Ausweis präsentieren...und ihr sagen, wie jung sie doch eigentlich aussieht!" „Ja mach das, da freut sie sich!"

Während wir uns dem Sitzbereich näherten, winkte ich Birgits Mann zu, der am Strand mit der kleinen Nathalie spielte, und begrüßte die eine oder andere Person, die ich gestern bereits kennengelernt hatte.
„Und Birgit, warst du heute schon im Wasser? Ach und was macht eigentlich deine Mutter, kommt die nicht mehr...die habe ich ja schon ewig nicht mehr gesehen!" Der Sprecher, Udo natürlich, wurde auf diese Worte hin wieder von seiner Frau zurechtgewiesen, brachte mich damit aber auch zu der Frage, die ich Birgit stellen wollte. Ich berichtete ihr meine Eindrücke. Sie schaute mich an, lächelte wieder und meinte: „Tja, solche Zufälle gibt es natürlich, aber meine Mutter heißt nicht Birgit...und auch altersmäßig würde das nicht ganz hinhauen. Da verwechselst du vielleicht etwas. Ach, da ist ja Franz!"

Wir gingen zu einem der Tische, an dem ein sportlicher Mann mittleren Alters saß, der ein paar Formulare vor sich liegen hatte.
„Hallo Dieter," begrüßte er mich. „Du wurdest mir schon angekündigt.
Ich weiß nicht, ob dir Birgit schon etwas über unsere Regeln erzählt hat...?" „Nein, eigentlich nicht!" „Gut, es ist eigentlich ganz einfach...ich will dich jetzt nicht mit Einzelheiten langweilen...das Essenzielle ist, dass du mit Erhalt des Ausweises zu uns gehörst..sozusagen bis in alle Ewigkeit!" Er lachte, als hätte er einen guten Witz gemacht. „Nein, im Ernst, dieser Ausweis verliert nie seine Gültigkeit, weil die Mitgliedschaft kein Geld kostet. Daher nehmen wir aber auch nur Leute auf, die...sagen wir mal...zur

richtigen Zeit am richtigen Ort sind...und einen Fürsprecher haben...wie Birgit zum Beispiel. Wäre das für dich akzeptabel?" „Ich war so überrascht, dass ich erst einmal gar nichts sagen konnte, überlegte dann kurz, sah Birgit an, dann Franz...und beide nickten mir zustimmend zu.

An den anderen Tischen waren mittlerweile alle Gespräche verstummt und so etwas wie Spannung lag über dem Ganzen. Nun, was hatte ich denn zu verlieren. Solange es mich nichts kostete...!?!

Ich ergriff den mir angebotenen Stift und das Antragsformular und setzte meinen Namen darunter. „Datum auch?" fragte ich. „Nein....das mache ich schon, sagte Franz, nahm mir das Formular aus der Hand und gab mir ein kleines Kärtchen, wohl den Ausweis. Die Umsitzenden hoben grüßend ihre Gläser und Birgit fiel mir kurz spontan um den Hals. „Herzlich willkommen sagte sie...nun gehörst du schon fast zu uns!" „Wieso fast?" lachte ich, muss ich erst noch einen ausgeben?" „Nein, nein," lachte sie ebenso zurück...nur noch eine kleine Formalität...nachher!" „Na da bin ich gespannt...und jetzt brauche ich einen Kaffee!" Wir gingen langsam zum Ausschank und ich schaute auf meinen frisch erworbenen Ausweis. „Dieter Reinke" stand da, „Eintrittsdatum: 09.07.1992". „Äh Moment, ich glaube, da hat der gute Franz einen uralten Ausweis erwischt...oder sich verschrieben....".

Birgit blieb plötzlich stehen, drehte sich langsam um und ihr Gesicht war auf einmal von einer grenzenlosen Traurigkeit erfüllt! „Es gibt nur diesen Ausweis...und es gibt nur dieses Datum. Das Datum, an dem wir neue Mitglieder aufnehmen...alle 20 Jahre." „Aber was...was soll das....ist das ein Scherz...?"Sie sah mich weiter an, sagte kein Wort...aber das musste sie auch nicht...denn plötzlich verstand ich.! „Ihr...ihr seid...das hier ist...!" „Ja, wir sind....wir sind die, die damals vor zwanzig Jahren hier gewesen...und irgendwie hier geblieben sind. Und unter besonderen Umständen können wir...sagen wir...neue Mitglieder aufnehmen...die geeignet sind...und zur richtigen Zeit hier auftauchen. Alle 20 Jahre..." „Aber wieso ich?" „Schau mich an, Dieter...du kennst mich wirklich...ich bin die Birgit von damals. Damit hattest du schon ein Kriterium erfüllt und darum habe *ich* dich hier hereingebracht. Dann warst du innerhalb von drei Tagen vor dem gewissen Datum hier an der Pforte...damit hattest du das zweite Kriterium erfüllt. Und das Dritte und eigentlich entscheidende..."

Mir wurde plötzlich schlecht und es begann sich alles um mich herum zu drehen...alles ergab nun einen Sinn...die Ähnlichkeit...das Alter..so alt war sie ja vor 20 Jahren gewesen...die fehlenden Autos...die diffusen Bilder, die man von außerhalb sah...die Reaktion, als ich von „nach Hause fahren" sprach...sie konnten alle natürlich nicht nach Hause...waren für immer hier gefangen...es gab für sie nur dieses eine Datum...eingefroren in der Ewigkeit, der gleiche Tag..sich ständig wiederholende Phrasen der gleichen Menschen.

Aber ich konnte noch weg. Ich drehte mich blitzschnell Richtung Treppe und wollte loslaufen...aber ich konnte es nicht...Wortfetzen drangen auf mich ein: „Die Gänse, die Gänse...sind sie Mitglied...haben sie ihren Ausweis dabei...Brigitte, warst du schon im Wasser...?

Ich verspürte einen stechenden Schmerz in der Brust, bekam keine Luft mehr...grelle Blitze zuckten durch mein Gehirn...Im Unterbewusstsein hörte ich Birgit noch sagen: „Das war das dritte Kriterium...jetzt gehörst du wirklich ganz zu uns.!" Plötzlich war ich wieder ganz bei mir. „Was heißt das, bin ich...bin ich jetzt...!" „Ja" sagte sie mit einer seltsamen Mischung von Traurigkeit und Freude..."du hattest einen Herzinfarkt, nehme ich an..es tut mir so Leid...aber nun kannst du immer hier bleiben...und so schlecht ist es doch gar nicht..."
Aus den Augenwinkeln und ganz schemenhaft sah ich plötzlich Peter am Tor stehen. Er versuchte die Klinke, zog am Tor und sah durch die Stäbe..! Dann rüttelte er kurz daran, zuckte die Achseln, drehte sich um und ging...er musste doch auch mein Auto gesehen

haben...würde jetzt sicher Alarm schlagen...“Peter warte!“ schrie ich,
riss mich los und rannte zum Ausgang...aber irgendwie kam ich nicht
näher, so sehr ich mich auch bemühte... „PETER, BITTE...“

Ich stürzte und merkte, wie sich plötzlich die ganzen netten Leute um
mich versammelten...alle waren sie da...dann gab mir Udo die Hand,
sah mich freundlich an und fragte: Hallo Dieter, warst du heute schon
im Wasser?“

Parallelen

Das war auch so ein Experiment von mir, über das ich jetzt aber nichts weiter verraten kann, sonst ist die Überraschung futsch!

Es gibt im Leben eines zwölfjährigen mittelmäßigen Schülers einfach nichts, was mehr freudige Erregung erzeugen kann, als am letzten Schultag vor den großen Ferien das letzte und entscheidende Klingeln zu hören.
Nichts kommt diesem Gefühl gleich, als wenn man die Schreibutensilien und das „Gerade-noch-einmal-gut-gegangen"-Zeugnis in die Tasche werfen kann, um sich dann mit dem warmen Gefühl der Freiheit im Bauch auf den Nachhauseweg zu begeben.

So mussten sich Sklaven gefühlt haben, denen die Freiheit geschenkt worden war, oder Siedler, die nach monatelangen, entbehrungsreichen Trecks endlich im Land ihrer Träume angekommen waren.
Okay, etwas gab es, das heute schon einmal einen ähnlichen Gefühlssturm bei ihm ausgelöst hatte: ein kleines Zettelchen, welches ihm heimlich von Uschi Hollmann zugesteckt worden war.

„Ich kan dich guht leiden. Solen wir heut schwimmen gehen?" stand darauf. Zugegeben, Rechtschreibung war nicht gerade ihre Stärke, aber wer achtet bei so einem Mädchen schon auf Orthografie? Da gab es ganz andere Merkmale, auf die man sich bei dem etwas frühreifen Zauberwesen konzentrieren konnte.

Paul, sein bester Freund, holte ihn aus seinen Träumen, indem er ihm einen freundschaftlichen Hieb auf die linke Schulter verpasste. „Hey Micki, kommst du noch kurz mit, bisschen Fußball spielen?" „Nee, du! Du weißt doch, meine Mutter...Essen und so!" „Oh Mann, deine Alte nervt voll ab! Sind doch Ferien jetzt....Sollen wir dann heute Nachmittag was machen? Meine Mutter kann mich zu dir raus fahren...! Dass Micki etwas außerhalb der Stadt in einem eingemeindeten Dorf wohnte, erschwerte das Miteinander etwas, vor allem, da auch der Busverkehr eher sporadisch war und nun in der Ferienzeit nur noch in größeren Abständen stattfand.
„Heute eher nicht, Mann! Muss noch was erledigen...Morgen ist besser, ich ruf dich an!"
„Aha!" „Wie Aha?" „Meinst du ich hab nicht gesehen, wie Uschi dir

einen Liebesbrief zugesteckt hat? Mann, Mann, immer die Weiber....!" Micki wurde ein bisschen rot. „Quatsch, du Depp! Geht dich auch gar nix an...!" „Versteh schon, na dann viel Spaß beim Knutschen!" Lachend brachte er sich mit einem schnellen Sprung aus der Reichweite eines angedeuteten Boxhiebes, schnappte seine Tasche und rannte hinaus.

Auch Micki nahm seine Utensilien und ging – Uschi noch einen verstohlenen Blick zu werfend – aus dem Klassenzimmer. „Um drei am alten Steg!" formten ihre Lippen tonlos und er nickte.

Vor der Schule, auf dem Fahrradabstellplatz, stand sein wertvollstes Gut, ein Bonanza-Rad, der letzte Schrei in den gerade angebrochenen 70er Jahren! In Amerika gab es die schon lange, seit 68 nun endlich auch in Deutschland! Es hatte ihn wochen- und monatelanges Generve, Quengeln, Bitten, Betteln und Geheule gekostet, aber pünktlich zu seinem Geburtstag hatte das Teil dann im Wohnzimmer gestanden und ihm zum König unter seinen Kumpels gemacht.
Das Problem war nicht die Anschaffung an sich gewesen, aber seine Mutter – überängstlich wie die meisten Mütter nun einmal sind – hatte eine panische Angst, dass ihm etwas passieren könnte. Daher durfte er auch nur im Dorf selbst damit herumfahren, aber nicht zur Schule in die acht Kilometer entfernte Stadt. Eigentlich. Aber seine Mutter war über Nacht bei Ihrer Schwester, die erkrankt war, gewesen und würde auch hoffentlich erst kurz nach ihm wieder zu Hause eintreffen. Sein Vater musste als Fernpendler sowieso immer recht zeitig los. Daher war die Gelegenheit heute Morgen extrem günstig gewesen, sein nagelneues Rad nun endlich von der ganzen Klasse bestaunen zu lassen.

Ein wenig mulmig war ihm aber schon gewesen. Erstens, weil er einer eindeutigen Anweisung zuwidergehandelt hatte und zweitens, weil der Weg in die Stadt tatsächlich nicht ganz ohne war!

Nach etwa 2 Kilometern führte die Straße – vom Dorf aus gesehen – in einer Linkskurve an einer Anhöhe vorbei und wurde gleichzeitig etwas schmaler. Und da auf diesem Streckenabschnitt recht viel landwirtschaftlicher Verkehr herrschte, der von ungeduldigen Autofahren gerne etwas waghalsig überholt wurde, barg die Stelle ein ziemliches Gefahrenpotenzial. Eine weitere Gefahr war natürlich, dass seine Mutter doch eher da war, als er, aber für diesen Fall hatte er sich schon eine Geschichte ausgedacht, in der ein verpasster Bus eine entscheidende Rolle spielte.

An all diese Dinge dachte Michael, von aller Welt Micki genannt, aber nicht, als er sich nun auf sein Rad schwang und und kräftig in die Pedale trat. Im Moment zählten nur Ferien und natürlich Uschi!

„Hey Rich, Alter, nimmst du mich mit in die Stadt?" Richard Behnke, genannt Rich und stolzer Besitzer eines hammermäßigen Opel GT 1900 – Zweisitzers, der ihn unangefochten zum King unter den Jugendlichen des beschaulichen Dorfes machte (und zum Hauptärgernis der Ortshonoratioren), drehte sich um. „Hey Pete, alte Kanone, klar Mann! Wo soll's hingehen?" „Ganz einfach! Du hast Urlaub, ich hab Urlaub, lassen wir's krachen!" „Is ja noch recht früh am Tage, aber du hast recht! Lass uns ins Billard gehen und sehen was geht"!
Rich und Pete, gleich Peter Wolf, waren beide hier geboren und kannten sich praktisch seit sie denken konnten. Sie waren fast unzertrennlich, auch wenn sie verschiedene Berufe ergriffen hatten. Rich bastelte schon immer gerne an Motoren herum und hatte daher eine Lehre zum Automechaniker begonnen, Pete dagegen war dabei, Industriekaufmann zu werden.

„Steig ein Compadre, wir heben ab!" Die Autotüren knallten etwas heftiger als sonst und sie fuhren mit quietschenden Reifen los.

Micki kam trotz leichten Gegenwinds zügig vorwärts und genoss die unendliche Freiheit, die ihm dieser Tag, an dem wirklich alles zu stimmen schien, bot. Seine Gedanken kreisten um den kommenden Nachmittag, der – nach einer mahnenden Ansprache mütterlicherseits wegen des unterdurchschnittlichen Zeugnisses – ein ganz besonderes Highlight für ihn bereithalten würde...Uschi! Der absolute Renner und Traum aller Unterstufler des Pestalozzi – Gymnasiums Neustadt.

––––––––––––––

„Sag mal Rich, wie ist das eigentlich jetzt mit Tanja und dir? Ist jetzt endgültig Feierabend oder geht doch noch was?" „Ach Mann, ich weiß nicht...Irgendwie nervt sie tierisch im Moment...ich meine...ich bin gerade mal 19 verdammt... bin nächstes Jahr mit der Lehre fertig und muss dann zum Bund! Und sie quatscht schon von Wohnung und Zusammenziehen und so. Hab ich echt kein Bock drauf! Ich glaube, ich mach mal 'ne Weile Pause!" „Also...ich finde sie ziemlich heiß...!"Rich sah ihn etwas erstaunt von der Seite an. „Sag mal Alter, willst du mir gerade erzählen, dass du geil auf meine Freundin bist? Ich glaub's ja nicht" „Mach halblang, Junge...ich mein ja nur, wenn mit euch Schluss wäre...wärst du dann sauer, wenn ich versuchen würde, bei ihr zu landen? Rich schwieg eine Weile. „Ich weiß nicht...wäre dann schon irgendwie komisch. Aber noch ist das ja nicht gegessen zwischen uns. Sie nervt halt nur!" „Okay, okay, war ja nur so 'n Gedanke!"

„Ja, ist schon gut.....Scheiße!" Direkt vor Ihnen war jetzt einer der vielen Traktoren aufgetaucht, die um diese Jahreszeit hier ständig herumkurvten. Sehr zum Ärger der Autofahrer, weil es auf mehrere Kilometer recht unübersichtlich und daher schwierig zu überholen war. „Ach verdammt! Der alte Kellermann, der zuckelt doch extra immer so langsam hier rum!"
„Bleib locker, Rich. Wenn wir an der Hammerkurve vorbei sind, kommst du leicht vorbei!

_____

Langsam aber sicher näherte sich Micki der gefährlichsten Stelle seiner Fahrt, wenn er diese passiert hatte, war der Rest ein Kinderspiel und er bald zu Hause. Er konnte sie schon sehen....

_____

„Hey Pete, das Gezuckele geht mir tierisch auf die Nüsse, ich zeige dir jetzt mal, was die Kiste drauf hat!" „Mensch warte doch noch, da ist doch schon die Kurve, danach...." „Ach was, bis zur Kurve habe ich den alten Sack längst überholt! Pass mal auf..."
Rich trat aufs Gas und scherte nach links aus, aber die Kurve kam schneller näher, als erwartet. Auf Höhe der Kurve waren sie knapp an dem Traktor vorbei, konnten aber noch nicht rechts einscheren. Dann waren sie an der Kurve vorbei..."
Unvermittelt sahen sie jetzt etwa 5 Meter vor sich einen kleinen Jungen auf einem Fahrrad. Sie sahen direkt in seine schreckerfüllten Augen und schrien entsetzt auf. Rich versuchte, das Steuer herumzureißen, das Auto begann zu schlingern, erwischte den Jungen mit der Heckpartie und schleuderte gegen die Leitplanke. Der Wagen wurde zurückgeworfen, geriet auf die andere Straßenseite, wo er gegen den Traktor prallte.

_____

Als Ellen Wegner zu Hause ankam, bemerkte sie gleich, dass irgendetwas nicht stimmte, da Micki noch nicht da war, was er laut Busfahrplan aber schon hätte sein sollen. Außerdem war sein Rad nicht da! „So ein kleiner Gangster!" dachte sie und wusste nicht, ob sie lachen oder weinen sollte. „Na komm du mir nach Hause, Bürschchen!"

Sie fing an, ein leichtes Mittagessen zuzubereiten, als es an der Tür klingelte. „Was soll das denn, du hast doch einen Schlüssel",

114

murmelte sie vor sich hin. Sie öffnete und erstarrte! Vor ihr standen Bauer Kellermann und Schmidtke, der Dorfpolizist und ihre Gesichter verhießen nichts Gutes! „Du Ellen" begann Schmidtke..."Was ist los?" schrie sie, „ist was mit Micki?"

Da tauchte hinter Kellermann das grinsende Gesicht ihres Sohnes auf.

„Nee, nee, sagte Bauer Kellermann, „das ist ja man bloß, dass dein Sohnemann wohl heute mit seinem Rad zur Schule gefahren ist. Ich stand gerade mit Schmidtke an meinem Feld, als er stolz wie Oskar an uns vorbei gejuckelt ist. Ich hab' dann einen Riesenschreck gekriegt....du weißt ja noch, was mir da vor zwei Jahren mit Rich, Pete und dem kleinen Timmi passiert ist...! Davon werde ich mich nie erholen....! Dieses furchtbare Unglück....Na ja, jedenfalls haben wir uns gedacht, wir bringen dir deinen Filius vorbei!"

Ellen bedankte sich bei den Beiden und zog, immer noch leichenblass, ihren Sohn ins Haus. Ihr erster Impuls war, ihm eine saftige Ohrfeige zu verpassen, aber dann zog sie ihn an sich. „Mach das nicht noch mal!" flüsterte sie, „nie mehr!"

„Nein, versprochen, Mama! Ich wollten den Jungs doch nur mein Rad...!" „Ich weiß", sagte sie.

———————————

Dann setzten sie sich zusammen an den Tisch und er erzählte ihr von Uschi.

115

VERSORGT

Jetzt wird es noch düsterer...auch wenn es vielleicht auf den ersten Blick nicht so aussieht...!

„Und du hast immer noch kein Lebenszeichen von ihm erhalten?"
Karin Traber sah ihre Freundin Helene fragend an. Zum ersten Mal
seit dem Verschwinden von Georg, Helenes Mann, hatte sie sie
besucht und saß nun mit ihr in der gemütlichen und geräumigen
Wohnküche.
Helene hatte sie zum Abendessen eingeladen, eine Einladung, der
Karin nur zögernd gefolgt war, nicht weil sie Helene nicht gern
besuchte, sondern weil sie wusste, dass diese - seit dem Wegfall
von Georgs Gehalt - nicht gerade auf Rosen gebettet sein konnte!

Aber Helene hatte darauf bestanden und so saßen sie nun bei einem
wirklich köstlichen Schweinebraten mit Sauerkraut und Knödeln und
unterhielten sich über die jüngere und auch über weiter entfernte
Vergangenheit!

Sie beide kannten sich schon seit der Grundschule, hatten sich
zwischenzeitlich auch einmal aus den Augen verloren, aber das
Band zwischen ihnen war trotzdem all die Jahre immer beständig
geblieben.
Deshalb hatte sie natürlich auch damals - vor fast 25 Jahren - die
Anfänge der Beziehung zwischen der schüchternen Helene, die aus
kleinen Verhältnissen stammte und dem immer etwas großspurigen
Georg, dessen imposante Gestalt ein Übriges tat, um so gar nicht zu
der eher schmächtigen Freundin zu passen, sozusagen aus der
ersten Reihe mitbekommen.
Keiner verstand so richtig, wieso Georg, der damals Jede hätte
bekommen können, ausgerechnet diese kleine graue Maus zum
Objekt seiner Begierden machte, aber Liebe lässt sich eben wohl
nicht immer rational erklären!
Und natürlich hatte sich Karin für Helene gefreut, denn Georg
verdiente zu dieser Zeit schon gutes Geld und konnte ihr einiges
bieten, was ihr sonst wohl immer versagt geblieben wäre.
Die Freundin war schon immer etwas linkisch und hatte sich auch in
der Schule schwergetan, daher wäre für sie wohl höchstens ein
Putzjob oder Ähnliches drin gewesen....Aber...da war eben Georg
erschienen, wie der berühmte weiße Ritter, zwar nicht auf einem

weißen Pferd, aber immerhin in einem nagelneuen BMW.
Nach einem knappen Jahr läuteten schon die Hochzeitsglocken und auf die Frage, was ihr den am meisten an Georg gefiel, sagte Helene gerne: „Er hat geschworen, dass er immer für mich sorgen wird. Und was man schwört, muss man auch halten!"

Karin fand diese etwas schlichte Anschauung recht lustig, aber zugleich hatte dieser einfache Wunsch nach Versorgtheit auch etwas kindlich Rührendes für sie gehabt.

Schon fünf Jahre später stand ein schmuckes Häuschen im Grünen den beiden ungleichen Eheleuten zur Verfügung, wohl auch in Erwartung eines reichhaltigen Kindersegens gebaut, der dann aber – zu beider Leidwesen – ausgeblieben war. Helene konnte keine Kinder bekommen, irgendeine Spätfolge jahrelanger Mangelernährung in Kindheit und früher Jugend.
Irgendwie hatte es Georg danach verstanden, sich seine Enttäuschung nicht anmerken zu lassen, aber Helene hatte ihre eigene Verzweiflung die Freundin des Öfteren spüren lassen.

„Und du hast immer noch kein Lebenszeichen von ihm erhalten?" wiederholte Karin ihre Frage, da ihre Gastgeberin das erste Mal nicht reagiert hatte, irgendwie geistesabwesend in ihrem Essen herum stocherte. „Nein, kein Anruf, kein Brief, nichts!"
Georgs Verschwinden war nun schon fast zwei Wochen her und schon mehr als ominös zu nennen.

Helene hatte der Polizei gesagt, dass er - wie sonst auch – morgens das Haus verlassen hatte, um zu seinem Job – Prokurist in einer Maschinenfabrik – ins 20 km entfernte Karlsruhe zu fahren. Dort war er aber niemals aufgetaucht.
Seltsam unaufgeregt, aber sehr blass war Helene den Polizisten damals erschienen, als sie - in Begleitung von Karin - vierundzwanzig Stunden nach seinem Verschwinden auf der Wache vorgesprochen hatte.

Ob ihr denn etwas an seinem Verhalten seltsam vorgekommen sei, war sie gefragt worden, Veränderungen in seinem Wesen, seinen Gewohnheiten....Aber Helene hatte alles verneint, obwohl ... ja, obwohl es schon die Spatzen von den Dächern des kleinen Provinzstädtchens pfiffen, dass er ab und zu „Überstunden" mit der neuen Einkäuferin in der Firma machte ... wohl auch dann, wenn keine nötig waren! Und komischerweise war er dann irgendwie auch nicht telefonisch zu erreichen gewesen, wenn Helene mehr aus Sorge, als aus Argwohn versucht hatte, ihn anzurufen!

Ein gutes Vierteljahr war das wohl schon so gegangen, aber Helene wollte von den mehr oder minder deutlichen Anspielungen der Freunde und Kollegen nichts hören!
„Er macht so etwas niemals!" hatte sie stets gesagt. „Er hat geschworen, dass er immer für mich sorgen wird. Und was man schwört, muss man auch halten!"

Auch Karin gehörte zu denen gehört, die versuchten, ihr die Augen für das allzu Offensichtliche zu öffnen, stieß aber wie alle Anderen auf taube Ohren.

Und nun war er weg! Plötzlich und ohne Vorwarnung. Nur das Auto hatte man gefunden. Säuberlich geparkt und abgeschlossen in Bahnhofsnähe im etwa 12 km entfernten Nauheim. Der Schalterbeamte konnte sich allerdings an keinen Kunden von Georgs Kaliber erinnern ...Die 120 kg verteilt auf fast zwei Meter Lebensgröße wären wohl jedem aufgefallen! Aber was besagte das schon im Internetzeitalter, wo man sich die Fahrkarten schon am heimischen Rechner ausdrucken konnte ...!

Auch der besagten Kollegin war das Verschwinden ein Rätsel, allerdings räumte sie ein, dass sie eventuell nicht die einzige Nutznießerin seiner häufigen Überstunden gewesen sein könnte ...Sie war wohl 1-2 Mal unfreiwillig Zeugin entsprechender, schnell abgebrochener Telefonate geworden, was sie selber aber nicht weiter gestört hatte, da sie selbst kein Kind von Traurigkeit war und das Ganze für sich einfach als lose Affäre verbuchte.

Karin nahm Helenes Hand und sagte leise: „Es tut mir so Leid für dich, Kleines ... egal, welche Gründe sein Verschwinden auch haben sollte....Vielleicht braucht er einfach mal eine kleine Auszeit, völlig ungestört und dann kommt er wieder ...Passiert ist ihm bestimmt nichts, mit so einem Bären legt sich ja keiner an....!"
Helene blickte auf, sah sie seltsam und gedankenverloren an und sagte sehr leise: „Weißt du, auch ganz große Männer können an ganz kleinen Löchern sterben ...!"

Es fröstelte Karin plötzlich ein wenig, so als wenn die Temperatur in der Küche unmerklich gesunken wäre. „Ach komm, wir wollen nicht gleich das Schlimmste annehmen, wer sollte ihm denn etwas tun, er hat doch auch nie jemandem etwas getan ...!"Sie sah, dass sich Helenes Augen mit Tränen füllten. „Ja......, du hast recht", antwortete die Freundin mit belegter Stimme, „das hat er nicht....! Es wird alles gut werden ... muss alles gut werden, denn er hat geschworen, dass er immer für mich sorgen wird. Und was man schwört, muss man auch halten!"

Schweigend aßen beide die wirklich gute Mahlzeit auf und danach noch einen kleinen Nachtisch, Vanilleeis mit heißen Kirschen....

Karin half Helene dann auch beim Abräumen und beide setzten sich noch auf ein Gläschen Wein ins Wohnzimmer. „Sag mal...."versuchte Karin eine Frage zu formulieren, die ihr nicht leicht fiel und von der sie nicht wusste, was sie eventuell bei Helene auslösen konnte, „glaubst du....er liebt dich noch so wie früher....ich meine, das mit der Kollegin ... irgendwie scheint da ja doch etwas dran zu sein ... und.."

Eigentlich hatte sie jetzt eine scharfe Reaktion von Helene erwartet, wie immer, wenn dieses Thema zur Sprache kam. Umso erstaunter war sie, als die Freundin sie mit einem leichten Lächeln um die Mundwinkel und leicht schräg gestellten Kopf anblickte und leise sagte: „Nein, ...das wird er wohl nicht....kann er wohl nicht......!"

Sie unterhielten sich dann noch etwas über dies und das und Karin versuchte auch, die Stimmung durch kleine Anekdoten aus ihrer gemeinsamen Jugend aufzulockern, aber irgendwie war der Abend doch gelaufen.

„Tja mein Schatz, ich muss dann auch, Tom wartet ... und du weißt ja, wie schwer er sich tut, die Kids ins Bett zu bringen ...!"

Sie stand auf und sie nahmen sich beide in die Arme. „Bleib stark, Kleines, es wird alles gut werden, und wenn du etwas brauchst, ich meine ... jetzt, wo du das Gehalt von Georg nicht mehr hast....!?!"
„Mach dir darüber keine Sorgen, Liebes.....ich bin versorgt ...! Das wird schon!"

Helene brachte Karin noch zur Tür des schmucken Vorstadthäuschens. Karin ging durch den Vorgarten und drehte sich an der Gartentüre noch einmal um, den Arm zu einem Abschiedswinken erhoben.

Da sah sie ihre Freundin in der Eingangstür stehen, ganz winzig und verloren, aber trotzdem aufrecht, fast trotzig..und irgendwie fühlte sie sich plötzlich ein ganz klein wenig unwohl, als sie ins Auto stieg!

Helene stand im Vorratskeller neben der geräumigen Kühltruhe und streichelte den Deckel. „Du hast geschworen, dass du immer für mich sorgen wirst. Und was man schwört, muss man auch halten!"

<u>Nacht</u>

**Ich wollte wenigstens eine Story schreiben, die so etwas ins Genre Science-Fiction hineinreicht. Das war früher, als ich meine ersten Jugendsünden verfasste, meine absolute Lieblingsrichtung!
Die bleiben Ihnen aber in diesem Buch erspart ... obwohl ich sie damals sogar im Radio unterbringen konnte, ehrlich!!!**

Ich hatte noch nie Angst vor der Dunkelheit. Auch als Kind nicht.

Irgendwie hatte Dunkelheit sogar etwas Beschützendes für mich. Ich kann im Dunkeln auch relativ gut sehen, nicht wie eine Katze, aber immerhin wohl etwas besser als der Durchschnitt. Das bewirkt ein gewisses Gefühl der Überlegenheit, so nach dem Motto: „Ich kann euch sehen, aber ihr mich nicht ...!"Ich bin auch immer gerne ins Bett gegangen, habe dann das Licht ausgemacht und meinen Gedanken freien Lauf gelassen.

Wenn man es recht überlegt, ist Dunkelheit ja auch der natürliche Zustand, denn Licht benötigt immer eine Quelle, die Finsternis ist einfach da. Das bedeutet dann aber auch, dass die Definition, Dunkelheit ist die Abwesenheit von Licht, nicht korrekt ist, den Kern der Sache nicht richtig trifft! Man müsste vielmehr sagen, Helligkeit ist die Anwesenheit von Licht und Dunkelheit IST einfach. Der Urzustand.

Selbst in einem der populärsten Märchenbüchern muss das oberste Wesen erst einmal das Licht anknipsen, um seine Schöpfung zum Laufen zu kriegen: „...Es werde Licht und es ward Licht ...", der Rest ist ja bekannt!

Ein noch recht junges wissenschaftliches Teilgebiet ist die Erforschung der sogenannten Dunklen Materie im Universum. Man hat mittlerweile herausgefunden, dass es im Weltall mindestens 10 Mal soviel Unsichtbares wie Sichtbares gibt und das bezeichnet man als Dunkle Materie. Und selbst diese beiden Komponenten ergeben nur ca. 30 % des Ganzen. Der Rest ist dunkle Energie.

Eigentlich müssten wir auf dieser Basis dann aber auch den ganzen Vampir-Werwolf-Hype, der momentan (mal wieder!) einer ganzen Teeniegeneration feuchte Träume beschert, unter einer anderen Prämisse sehen.

Weil dann wir, die so genannten normalen Menschen, eher die abnormalen wären, da wir unsere ganze Kultur (bis auf ein paar Ausnahmen) auf das Leben am Tage ausgerichtet haben und zu fast allem, was wir tun, Licht benötigen. Andererseits ist wahrscheinlich aber auch gerade das Sonnenlicht und die damit einhergehende

Wärme, gemeinsam mit ein paar anderen Komponenten, die Grundvoraussetzung dafür, dass sich überhaupt Leben entwickeln konnte. Jedenfalls so wie wir es kennen!

Ach übrigens: Nein, das wird jetzt keine Vampirstory!

Hubble zeichnete das Phänomen als Erster auf. Natürlich. Schließlich hatte ja keines der Teleskope auf der Erde eine derart „unverbaute" Sicht auf das Universum, wie das geostationäre Weltraumauge.
Dann folgten VLT in der Atacamawüste in Chile, die zwei Keck-Teleskope auf dem Gipfel des Mauna Kea auf Hawaii, Hobby-Eberly in Texas und nun hatte auch das SALT-Telekop in Südafrika bestätigt, dass seit geraumer Zeit immer mehr Sterne einfach von der Bildfläche verschwanden.
Jens Peters, wissenschaftlicher Leiter des Instituts für Astrophysik der Universität Göttingen, hatte den Statements, die seitdem in seinem Mailaccount aufgetaucht waren, aus Zeitmangel bisher noch nicht die gebührende Aufmerksamkeit geschenkt, beschäftigte sich aber nun schon den ganzen Vormittag damit, dies nachzuholen.

Natürlich konnten schon seit Anbeginn der astronomischen Forschungen derartige Veränderungen beobachtet werden. Das Sterben eines Sterns gehörte nun einmal zum ständigen Wandel im Universum. Natürlich war dieser Vorgang kein plötzlicher, sondern vollzog sich in Millionen von Jahren. Aber in den meisten Fällen fand als erste wahrnehmbare Veränderung eine Vergrößerung des Sterns statt, er blähte sich auf, wurde zu einem sogenannten roten Riesen, bevor er dann in sich zusammenfiel und sich zu einem weißen Zwerg verdichtete.....und schließlich irgendwann ganz erlosch.

Hier war es aber so, dass einige Sterne, die man an einem Tag noch deutlich wahrnehmen konnte, am nächsten schon nicht mehr da waren. Einfach weg! Aufgrund der wahnsinnig großen Menge der Sterne und der ebenso großen Entfernungen waren solche Dinge natürlich auch nicht bei den üblichen Routinebeobachtungen festzustellen, aber vor etwa einem Monat hatte es nun Tau Ceti erwischt. Und Tau Ceti war nur etwa 11.9 Lichtjahre entfernt, lag also sozusagen in allernächster Nachbarschaft. Genau genommen hatte das Ganze also dem entsprechend auch schon vor etwa 11,9 Jahren stattgefunden, was der Aktualität der Entdeckung allerdings keinen Abbruch tat. Derart aufgerüttelt, begannen nun die Astronomen in aller Welt, das gesamte aufgezeichnete Material akribisch zu durchforsten und stellten fest, dass eine überproportional große Anzahl von Sternen in allen sichtbaren Ecken des bekannten Universums nicht mehr sichtbar war.

Den Rest des Tages brachte Peters damit zu, mit den Kollegen auf dem gesamten Erdball darüber zu kommunizieren, mit dem Ergebnis, dass sich niemand auch nur annähernd erklären konnte, was es damit auf sich haben konnte. Man stand allgemein vor einem Rätsel mit – im wahrsten Sinne des Wortes – galaktischen Ausmaßen!

Gerne wäre er auch abends noch länger geblieben, hätte sogar mit Freuden die ganze Nacht geopfert, um sich weiter mit den führenden Experten austauschen zu können, musste aber gegen 20 Uhr den Heimweg antreten, da seine Frau, eine international renommierte Medizinerin, auf Geschäftsreise war und die Haushälterin, die sich tagsüber um seinen achtjährigen Sohn kümmerte, eigentlich schon längst Feierabend gehabt hätte.

Zu Hause angekommen empfing sie ihn folgerichtig auch schon fertig angezogen und mit leicht vorwurfsvollem Gesichtsausdruck an der Tür. „Sie kommen spät! Er will wieder nicht schlafen, wie immer! Sie müssten noch einmal...." „Ja klar, Frau Ebers, nochmals vielen Dank und kommen Sie gut heim." Martin, sein Sohn, hatte die Angewohnheit, Abend für Abend darum zu betteln, dass das Licht solange brannte, bis er eingeschlafen war, was sie eigentlich nicht tolerierten und das daher immer wieder zu Diskussionen führte – welche die Eltern nicht zwangsläufig immer zu ihren Gunsten entscheiden konnten.

„Vati", hörte er den Jungen rufen, „kommst du?" „Ja klar, mein Junge, bin gleich da!"

Langsam ging er die Treppe nach oben, wo sich die Schlafzimmer befanden. Martin lag im Bett, die Bettdecke bis zum Kinn nach oben gezogen. „Sie kommen spät", versuchte er Frau Ebers zu imitieren und grinste dabei über das ganze Gesicht.
Peters setzte sich auf sein Bett, strich ihm über den Kopf und sah ihn liebevoll an. „Na, das alte Problem?" „Bitte, nur noch heute einmal....! Ab Morgen dann ohne Licht, ehrlich!"

„Ach Martin, du weißt doch, was ich dir über Licht und Dunkelheit gesagt habe. Es gibt nichts Schlimmes im Dunkeln. Dunkelheit ist die natürlichste Sache der Welt. Nachts kann sich alles erholen, Pflanzen, Tiere und Menschen. Du schläfst doch auch gerne und das geht eben am Besten, wenn es dunkel ist!"
„Ich weiß ja, aber ich hab' trotzdem Angst. Im Dunkeln sieht alles....anders aus...."
„Ja, du hast ja recht, aber es verändert sich doch nichts. Außerdem sollst du ja auch die Augen zu machen. Schau, seit es unsere Erde gibt, gibt es auch Tag und Nacht, hell und dunkel, Sommer und Winter, alles wiederholt sich, bis ans Ende aller Tage...!"
„Wann ist denn das Ende aller Tage, Vati" Peters musste lachen: Oje, das weiß kein Mensch. Alles was wir kennen und auch das, was wir nicht kennen, ist einer ständigen Veränderung unterworfen. Wir Wissenschaftler rechnen nicht in Stunden, Tagen oder Monaten, sondern in Millionen und Milliarden von Jahren. Aber irgendwann, in einer ganz fernen Zukunft, wird wahrscheinlich alles ein Ende haben...So wie das Universum einmal mit einem Riesenknall, dem sogenannten Urknall, entstanden ist – zumindest ist das die Meinung von uns Wissenschaftlern, wird es auch eines Tages wieder vergehen....! Und nun schlaf! Ausnahmsweise bleibt das Licht heute noch einmal an, zumindest bis du eingeschlafen bist! Aber ab Morgen....!" „Oh ja, Danke, Vati. Ich beeile mich auch mit dem Einschlafen!"
Peters stand auf und ging hinaus. „Du, Vati?" „Ja?" „Wenn dann alles

zu Ende geht…" „Ja..?" „Ist das dann so….als würde jemand das Licht ausmachen?" „Peters blieb in der Tür stehen, drehte sich aber nicht um. „Ja, vielleicht könnte man das so nennen, vielleicht ist das dann so…irgendwann!"

Er ging nach unten, überlegte, ob er sich noch etwas zu Essen machen sollte, goss sich aber stattdessen ein Glas Cognac ein. Er setzte sich in seinen Lieblingssessel und starrte vor sich hin.

Schließlich stand er noch einmal auf und machte im ganzen Haus die Lichter an.

Dann wartete er auf den Sonnenaufgang.

ICH KANN AUCH TRAURIG...

Taschentücher raus, jetzt wird es ganz übel. „Titanic" war ein Lustspiel dagegen!

Drei Tropfen

Das wirklich Schlimme an dieser Geschichte ist, dass sie mir Buchstabe für Buchstabe genau so passiert ist!

Es ist kalt.

Außerdem ist es 06:45 an einem Montagmorgen im Januar...und ich sitze am Rande eines Feldes im frisch gefallenen Schnee, friere und halte Bambi im Arm. Es könnte fast idyllisch wirken, hat aber einen entscheidenden Schönheitsfehler...Bambi liegt im Sterben...und ich habe es dann umgebracht!

Es ist kein ganz kleines Reh mehr, aber auch noch nicht erwachsen und es sollte nicht hier bei mir sein, sondern bei seiner Mutter!

War ein ganz normaler Morgen bis eben noch, Weckerklingeln um sechs Uhr, der allmorgendliche Telefonplausch mit Christelchen, Waschen, Anziehen, rein ins Auto und ab ins Büro...eine Viertelstunde Fahrt von dem Bauernhof, in dem ich zurzeit ein winziges Appartement bewohne...alles wie immer eben!

Es hatte wieder heftig geschneit in der Nacht, wie so oft in den letzten Wochen. Kann mich kaum zurückerinnern, wann es zuletzt soviel Schnee gegeben hat. Die Streufahrzeuge schaffen es kaum noch, die Straßen einigermaßen befahrbar zu halten...wäre drei Wochen zuvor beinahe selbst einen Abhang hinunter gerauscht, weil sich mir ein entgegenkommendes Fahrzeug quer in den Weg gestellt hatte und ich beim Ausweichen zu nah an den Rand des Abgrundes gekommen war...Hatte wirklich verdammtes Glück gehabt...!

Als ich heute los fuhr, war ich schon nicht gut drauf gewesen, konnte an diesem Wochenende Christel wieder nicht sehen...ist eben das Blöde an Fernbeziehungen...kommt irgend etwas an einem Wochenende dazwischen, sieht man sich gleich zwei ganze Wochen nicht...Ich war dann vom Zufahrtsweg des Hofes auf die schmale Straße gebogen, die mich zwischen den weiten Feldern hindurch zur Hauptverkehrstrasse führen sollte.
Ein paar Hundert Meter weiter tauchte aus den morgendlichen Nebelschwaden dann ganz plötzlich ein Reh auf, lief direkt vor mir über den Weg und ich konnte nur durch eine instinktive

Vollbremsung eine Kollision verhindern...wirklich Millimeterarbeit! Gleichzeitig bemerkte ich einen kleinen Ruck im Heck des Wagens, den ich auf den großen Koffer mit aussortierter Altwäsche im Kofferraum schob, der augenscheinlich durch das Bremsmanöver nach vorne gerutscht war.

„Noch mal gut gegangen", dachte ich und fuhr weiter. Als ich dann auf der Hauptstraße war, fiel mir mein Handy ein. „Scheiße, vergessen", dachte ich, weil es sich nicht an seinem angestammten Platz in meiner rechten oberen Jackentasche befand!

Bei der nächsten Gelegenheit hatte ich dann gehalten und in meiner Laptop-Tasche nachgesehen, aber auch da nichts gefunden. Also wenden und das kurze Stück zurück fahren. Und dann kam ich wieder an die Stelle der Beinahekollision...und sah Bambi am Wegrand sitzen und gleichzeitig schemenhaft ein größeres Reh das Weite suchen ...das Verbliebene saß irgendwie auf seinen Vorder- und Hinterläufen...und es sollte gar nicht da sein, definitiv nicht...Ich hielt an! Es war viel kleiner als das Reh, dem ich vorhin ausgewichen war, jenes, das augenscheinlich die Mutter und bei meinem Auftauchen abgehauen sein musste..
Wahrscheinlich hatte ich ja gar nichts damit zu tun...vielleicht irgendein anderer Autofahrer....aber dann dachte ich an den kleinen Ruck...Ich stieg aus. Bambi schaute nicht einmal hoch, als ich mich näherte, blickte einfach nur vor sich hin...ignorierte mich! Ich bemerkte keine Verletzungen, vielleicht ja nur ein Schock oder so...! Egal, es musste etwas geschehen. Ich raste zum Bauernhof, holte mein Handy und fuhr zurück...zurück zu Bambi! Es saß immer noch da...allein und irgendwie verloren.

Ich überlegte, ob und wie ich es ins Auto tragen könnte, verwarf diesen Gedanken aber wieder...ich wüsste ja nicht einmal wohin ich es bringen sollte! Vielleicht hatte es ja auch etwas gebrochen und ich würde es damit noch schlimmer machen...
Da mir nichts wirklich Besseres einfiel wählte ich den Notruf. „Sie haben einen Notfall, bitte sprechen Sie", sagte eine teilnahmslose weiblich Stimme. Ich erklärte wer und wo ich war und was

augenscheinlich passiert sein musste...und etwas ratlos meinte die Stimme dann: „Sichern sie bitte die Stelle, wir benachrichtigen das Forstamt!" Ich schaltete die Warnblinkanlage ein. Dann war Stille und wir beide wieder allein, Bambi und ich!

Ich ging in die Hocke und berührte sein Fell. Es war weich, viel weicher als ich es angenommen hätte...wahrscheinlich, weil es eben noch sehr jung war. Und dann sah ich sie...drei kleine rote Tropfen, komischerweise fast einen halben Meter weg von uns beiden...auf dem Weg, im frischen Schnee. Keine sichtbare Wunde, nur drei Tropfen Blut im Schnee...

Kann kaum mehr so sitzen in dieser ungewohnten Haltung, traue mich aber auch nicht, mich zu rühren...ich friere und sitze einfach nur da und halte Bambi fest...einmal fühle ich einen leichten Schauer durch den sonst regungslosen Körper gehen..so als ob es plötzlich fröstelte...
Irgendwie hat die ganze Situation etwas Unwirkliches, die Ruhe, die Dunkelheit, die Kälte, der Schnee, der Mann und das kleine Reh...!

Wahrscheinlich gibt es solche Szenen normalerweise nur in der Flimmerkiste... Zweites Deutsches Fernsehen...Tierarzt Dr. Sowieso wird gleich auftauchen, Bambi in seine Obhut nehmen und in zwei Wochen hüpft es wieder froh und munter durch die Gegend! Ist immer so, Happy End zwingend vorgeschrieben!

Wieder fährt ein leichter Schauer durch den kleinen Körper...mein Blick fällt unwillkürlich auf die drei kleinen roten Flecken im Schnee...!

Dann steht plötzlich ein Jagdhund vor mir...haben ihn weder kommen sehen noch kommen hören, Bambi und ich...
Er schnüffelt etwas an uns Beiden herum..."Kira aus!" höre ich eine energische Männerstimme rufen...Ein Mann in derber Kleidung nähert sich uns...Ich stehe auf und bin eigentlich froh, aus dieser unbequemen Haltung zu kommen und die Verantwortung abgeben zu können...aber da ist das Gewehr! Eine kleine Jagdflinte, die er

offen und mit abgeknicktem Lauf über dem linken Arm trägt.

Mein Mund wird trocken und ich höre mich sagen: „Wenn sie mir vielleicht helfen, das Tier ins Auto zu legen und mir sagen, wo hier ein Tierarzt ist....!" Der Mann schaut mich an, als ob er mich für etwas schwachsinnig oder zumindest naiv hält...und bevor er noch etwas sagen kann, begreife ich mit einem Mal, dass Dr. Sowieso wohl dieses Mal nicht kommen und es auch kein Happy End geben wird...nicht für Bambi...und auch nicht für mich!

„Hat keinen großen Zweck", höre ich den Mann sagen, „wahrscheinlich innere Verletzungen!" Er deutet auf die drei einsamen roten Flecken im Schnee...nur drei Tropfen!!! „Wenn sie so ruhig bleiben und sich anfassen lassen......!" Er vollendet den Satz nicht, hat aber auch genug gesagt. Er klappt das Gewehr zu. Und bei diesem Geräusch blickt Bambi plötzlich kurz hoch...und...schaut mich an. Schaut mich an, als wollte es sagen: "Tja, das war's dann wohl, mein Freund!"

„Fahren sie besser jetzt, ich kümmere mich um alles!" Ich schaue ihn an und dann wieder Bambi, gehe noch einmal in die Hocke, lege meine Hand auf seinen Hals und meinen Kopf kurz an seinen..."Ich wollte das nicht, hab dich doch gar nicht gesehen...!"flüstere ich leise und es ist mir scheißegal was der Mann von mir denkt!

Dann sehe ich auf und sage: „Ich bleibe!" „Wie sie möchten!" entgegnet er gleichmütig, hält Bambi seine Flinte ins Ohr und drückt ab. Der Knall ist leiser als erwartet...Bambis Kopf fliegt etwas zurück...und dann gehe ich doch...ganz schnell gehe ich zum Auto...!

Ich fahre los, ohne noch einmal auf die Szene zu schauen...und ich weiß, ich kann ja nichts dafür, und er hat ja geschossen, nicht ich, und warum ist das blöde Vieh gegen mein Auto gelaufen und hat nicht einfach noch eine Zehntelsekunde gewartet, und da waren nur drei Tropfen Blut, nur drei Tropfen....und dann steht mein Auto wieder am Wegrand und ich kann nicht mehr weiterfahren und der alte Fremdenlegionär, der harte Mann sitzt da, hält das Lenkrad umklammert und weint..!

Als ich am Abend auf der Rückfahrt wieder an der Stelle vorbei komme, versuche ich den großen roten Fleck zu ignorieren....!

TIER

**Es ist mir sehr schwer gefallen, das hier zu schreiben, ich bin nämlich ein großer Tierfreund. Aber irgendwie kommt das ja auch vielleicht durch. Außerdem wollte ich einmal ein wenig mit der Sprache herumexperimentieren ... eine Bekannte von mir sagt sowieso, ich würde in einer Art „blogging style" schreiben ...
Ist das jetzt positiv oder negativ?**

Der große schwere Mann hat ein Gewehr dabei. Der Hund läuft voraus, immer weiter in den Wald hinein, immer tiefer. Der Hund gehört ihm, war immer ein gutes Tier, treu wie Gold. Freundlich zu jedermann und überall beliebt. Bis gestern. Das Gewehr gehört ihm nicht. Es gehört dem Bauern, für den er arbeitet.

Der Hund ist schon alt, aber heute wieder einmal gut drauf. Läuft immer ein Stück vor und kommt dann zurück, schwanzwedelnd, ab und zu ein kurzes freudiges Bellen ausstoßend.
War mal ein guter Jagdhund und erinnert sich jetzt sicher an die alten Pirschgänge. Der große schwere Mann ging öfter zur Jagd, damals in den guten Zeiten. In den Zeiten, als er selbst noch der Bauer war, auf seinem eigenen Hof. Dem Hof, wo jetzt der andere Mann der Bauer ist, der, dem das Gewehr gehört!

Es war eine gute Zeit damals. Er war jung, gesund und stark. Er war immer sehr stark gewesen, schon als Kind. Hatte immer alle besiegen können. Und Lena war die optimale Frau für ihn. Hübsch, gute Figur, aber nicht zu schlank. Zu schlank ist nicht gut für die schwere Arbeit auf einem Bauernhof! Aber Lena war stark, konnte zupacken, arbeitete mehr und härter als mancher Mann. Als sie aus dem Gröbsten raus waren - die Hypothek auf den elterlichen Hof hatte er aufnehmen müssen, um die Geschwister auszuzahlen – wollten sie die Familie vergrößern.

Auf einen Hof gehört ein Erbe. Und es war ein Junge, damals, in Lenas Bauch. Jedenfalls, bis er unvermutet starb, in Lenas Bauch. Und weil sie es zu spät bemerkten, weil eben auf dem Dorf der Arzt nicht gerade um die Ecke wohnt, hat er ihn vergiftet, Lenas Bauch. Und den Rest von Lena gleich mit.

Nach der Beerdigung hatten alle ihn trösten wollen. „Wir helfen dir, du schaffst das schon. Findest wieder eine neue Frau." Dabei war es aber im Großen und Ganzen geblieben. War ihm aber egal gewesen, damals, vor zehn Jahren.

Hätte vielleicht nicht so viel saufen sollen. Ist nicht gut, wenn der

Bauer säuft. Auf das Gesinde ist kein Verlass. Läuft irgendwie alles aus dem Ruder dann. Nach zwei Jahren war er den Hof los. Durfte aber für den neuen Besitzer weiter arbeiten, kannte sich ja auch am Besten aus mit allem. Wenn er nüchtern war. Ging aber jetzt mit dem Saufen, zumindest unter der Woche. War auch eine der Bedingungen gewesen, damit er bleiben konnte.

Der Hund blieb plötzlich stehen und nahm Witterung auf. Die alten Instinkte kamen wieder hoch. Gab viele Böcke dieses Jahr, war aber nicht mehr seine Sache jetzt. Er wurde nur mehr noch als Treiber eingesetzt. Von dem Mann, der jetzt der Bauer war und dem das Gewehr gehörte. Das Gewehr, mit dem er seinem Hund weiter in den Wald folgte.

War ein Geschenk von Lena gewesen, der Hund. „Auf einen anständigen Hof gehört ein anständiger Hund!" hatte sie damals gesagt. War kein Rassehund, hatte aber trotzdem gute Gene. Klug, schnell und ausdauernd. Kein Schickimickihund, sondern ein Arbeitstier und eben mit einem natürlichen Jagdinstinkt! War ihm auch als Einziger treu geblieben, damals, vor zehn Jahren.

„Dein Hund hat heute Nacht zwei von meinen Schafen gerissen!" hatte der Bauer heute Morgen gesagt. Er war zwar nicht direkt dabei gesehen worden, hatte aber mit blutiger Schnauze neben den Kadavern gestanden und niemanden heran gelassen. „Den Schaden ersetzt du mir, den Hund bringst du in den Wald! Nimm mein Gewehr mit!"

Er hatte sehr viel Zeit mit der Ausbildung des Hundes verbracht, vor allem natürlich abends, wenn die Arbeit getan war.
Hatte ihn auch zum Hütehund abgerichtet, ohne großen Aufwand, sich der Instinkte des Tieres bedienend. Waren seine Schafe gewesen damals und die des Hundes. Gehörten jetzt dem Bauern, für den er nun arbeitete und dessen Gewehr er trug, immer weiter seinem Hund folgend.

Gegen die Anschuldigungen konnte er nichts vorbringen. Zu

eindeutig waren die Indizien. Allerdings waren auch auf den Nachbarhöfen in letzter Zeit ab und zu Schafe gerissen worden. Auch dann, wenn sein Hund eingesperrt war. Aber er war noch nie gut mit Worten gewesen, weder gesprochenen noch geschriebenen. Das war immer Lenas Aufgabe gewesen. Damals, in der guten Zeit.

So hatte er das Gewehr genommen, seinem Hund gepfiffen, der auch sofort zu ihm kam. Natürlich sofort zu ihm kam!

Und jetzt waren sie also unterwegs, das Gewehr, der Hund und er.

Sie kamen auf eine kleine Lichtung, unweit einer Tannenschonung. Hier waren sie früher öfter gewesen, nach erfolgreicher Jagd, um das Wild aufzubrechen. Es waren auch immer ein paar Innereien für den Hund abgefallen, frisch und noch dampfend, daher stand er jetzt voll freudiger Erwartung einfach nur da und sah ihn an, den großen schweren Mann.

Der nahm das Gewehr von der Schulter und ging auf den Hund zu. Und während er ging, kochte eine unbändige Wut in ihm hoch. Eine Wut auf alles, was in den letzten Jahren in seinem Leben schief gelaufen war. Dieses Tier, dieses Überbleibsel aus einer Zeit, die unwiederbringlich verloren war, hatte selbst dafür gesorgt, dass er künftig ganz allein sein würde, ohne Verbindung zu den Träumen der Vergangenheit, tagein tagaus dahinvegetierend.
Er packte einen schweren Ast, über den er beinahe gestolpert war, und prügelte auf den Hund ein, wieder und wieder. Der Hund versuchte erst noch nach dem Ast zu schnappen, einmal hart am Kopf getroffen, sank er aber zusammen und blieb zitternd liegen. Der Mann war noch nicht zufrieden, ließ den Ast fallen und trat in ohnmächtiger Wut mit seinen schweren Stiefeln auf das wehrlose, immer noch zuckende Tier ein.

Dann – plötzlich - hielt er inne und ging neben dem blutenden Bündel auf die Knie.

Der große schwere Mann hatte noch nie viele Tränen gehabt, auch damals nicht, als sie Lena aus dem Haus trugen. Jetzt weinte er die Tränen, die er sich sein ganzes Leben aufgespart hatte und die große schwere Männer nie weinen dürfen, wenn andere große schwere Männer dabei sind. Er legte seine Hand auf den Hals des Tieres und spürte noch einen Hauch Leben darin. Der Hund drehte den Kopf etwas und begann diese Hand zu lecken, die Hand, die ihn sein Leben lang gefüttert, gestreichelt, geheilt, zurechtgewiesen aber niemals geschlagen hatte. Der Mann versuchte mit einer grotesken Kopfbewegung, seine Augen am Fell des Hundes zu trocknen. Dann stand er auf, hängte das Gewehr über seine Schulter und hob den Hund auf.

Er trug das zerschundene Etwas zurück, seinen Kopf ganz nah am Kopf des Tieres, hatte aber keine Tränen mehr. Braucht sie auch nicht. „Bauer" würde er sagen, „Bauer, auch wenn ich nicht glaube, dass mein Hund deine Schafe, die einmal meine waren, gerissen hat, werde ich dir den Schaden bezahlen. Ich habe das Tier halb tot geprügelt, aber ich werde es nicht töten und, so Gott will, wird es noch ein paar gute Jahre haben. Passt dir das nicht, werde ich den Hof, der einmal meiner war, verlassen.
Tust du dem Hund etwas an, schlage ich dich tot."

Als sie aus dem Wald traten, hob das Tier noch einmal den Kopf und leckte ihm den Rest Salz aus dem Gesicht.

Waffeln

Ich bin ein recht eifersüchtiger Mensch, manchmal sicher auch grundlos, aber ich habe auch einen recht feinen Instinkt dafür, wenn etwas faul ist. Und in einer solchen Situation sind diese Zeilen entstanden...Außerdem mag ich Waffeln!

Klara stand in der Küche und buk Waffeln. Soweit sie zurückdenken konnte, hatte sie sonntags nachmittags immer um diese Zeit Waffeln gebacken, für sich und Hans.
Eigentlich wusste sie gar nicht mehr, warum ausgerechnet Waffeln und wie das angefangen hatte, aber irgendwie war so ein Ritual daraus geworden...Er ging eine Runde Laufen, sie machte die Waffeln und wenn er zurück und geduscht war, setzten sie sich hin, tranken gemütlich Kaffee und aßen Waffeln mit Kirschen und Sahne...jeden Sonntag, an dem sie zusammen waren...seit fast 45 Jahren...nur diesen Sonntag wohl nicht!

Vielleicht hätten sie dieses Spiel gestern nicht spielen sollen, Wahrheit oder Pflicht, wie im Teenageralter mit ihren Freundinnen, aber irgendwie kam nichts im Fernsehen und so spielten sie dieses an sich harmlose Spiel zu zweit.

Sie wählte ungern Pflicht, weil Hans imstande war, sich ganz schön fiese Sachen auszudenken...und sie auch ein wenig träge war....außerdem waren sie ja schon so lange zusammen, da gab es eigentlich kaum mehr Geheimnisse oder gar Lügen voreinander...sollte man zumindest meinen...

Das Spiel wurde mit zwei Würfeln gespielt und jeder, der einen Pasch geworfen hatte, durfte dem Anderen eine Aufgabe stellen....oder eben eine Frage, die 100 % wahrheitsgemäß beantwortet werden musste.
Natürlich, sie hatten auch etwas getrunken dabei, vielleicht sogar ein Gläschen mehr als sonst...vielleicht hätte Hans sonst nicht diese Frage gestellt und vielleicht hätte sie sonst auch nicht ganz so wahrheitsgemäß geantwortet.
Aber wie auch immer, es war eben passiert und nicht mehr rückgängig zu machen...

Plötzlich musste sie daran denken, wie sie ihn kennen gelernt hatte, damals an der Uni in Marburg; er war ein aufstrebender junger BWL – Student im 3. Semester gewesen, sie war damals schon fast fertig mit ihrem Medizinstudium...da waren sie einander von einem

gemeinsamen Freund vorgestellt worden...Sie hatte ihn zwar gleich irgendwie sympathisch gefunden aber eigentlich war er zu jung gewesen...immerhin 3 Jahre Altersunterschied...das sind mit Anfang 20 schon Welten!
Aber er war sehr wortgewandt, aufmerksam und hartnäckig – auch heute noch – und sie hatte ihm schließlich doch eine Chance gegeben, die er sehr souverän zu nutzen wusste!

Als sie dann gleich ihre erste Assistenzarztstelle im Mannheimer Klinikum bekommen hatte, war er kurzerhand mitgekommen und hatte dort immatrikuliert...war ihm auch nicht weiter schwergefallen, brillant wie er war...

Nachdem Hans dann ebenfalls fertig studiert hatte, mussten sie sich aber doch noch einmal trennen, als er für ein Jahr in die Staaten ging...in dieser Zeit hatten sie sich nur zweimal sehen können...war eben noch nicht so einfach wie heute, wo man täglich Nonstop in 6, 7 Stunden für billiges Geld mal eben nach New York fliegen kann...aber auch diese Zeit hatte ihrer jungen Liebe nichts anhaben können! Und bei seiner Rückkehr an einem Sonntag – hatte sie ihm das erste Mal Waffeln gemacht. Weil ihre Mutter ihr kurz vorher dieses Waffeleisen geschenkt hatte und sie es einfach einmal ausprobieren wollte.

Und irgendwie war daraus dann eine Art Ritual geworden, das sie über all die Jahre bei behalten hatten.

Da bei ihnen Beiden von vorneherein kein großer Kinderwunsch vorhanden gewesen war, hatten sie sich sehr konsequent und erfolgreich auf ihre Karriere konzentriert, es dabei aber immer irgendwie geschafft, Anstellungen in der gleichen Region oder Stadt zu bekommen. Und Sonntags gab es Waffeln..

Mittlerweile waren sie nun auch schon fast 40 Jahre verheiratet und sie konnte sich nicht an einen einzigen größeren Streit erinnern...kleinere Geplänkel ja, auch mal etwas lautere Worte, aber niemals verletzende! Dazu achteten und liebten sie einander viel zu sehr...

Und diese Liebe hatte sie immer als etwas Besonderes, Wertvolles, Unantastbares erachtet, etwas, das im Laufe der Jahre immer weiter gefestigt worden war, immer tiefer verankert in beider Bewusstsein. So als hätten sie beide tatsächlich den einen Menschen gefunden, für den sie bestimmt waren und der perfekt zu ihnen passte.

Und da stand sie nun, eine 70.jährige Frau, der man die Jahre aber in keinster Weise ansah, damit beschäftigt, einen Waffelteig anzurühren, von dem sie noch nicht einmal wusste, ob er jemals seiner Bestimmung zugeführt werden würde....

Einen Sechserpasch hatte Hans gewürfelt und sich gefreut wie ein Schneekönig, da er die drei vorhergehenden Runden verloren hatte. „Jetzt stelle ich dir eine ganz fiese Frage, auf die ich die Antwort aber selbstverständlich schon kenne, will es nur noch einmal von dir hören!" hatte er geprahlt. „Na denn mal los!" erwiderte sie lächelnd. „Aaalso, jetzt kommt's: Hast du mich in den langen Jahren unserer Beziehung jemals betrogen?"

Eigentlich eine ganz einfache Frage, die man in einer solchen Situation selbstverständlich mit „Nein" beantwortet und das war auch die Antwort, die Hans ebenso selbstverständlich erwartet hatte...! Aber dann fiel ihr diese Geschichte ein, die etwa 20 oder 22 Jahre zurücklag...ein Medizinerkongress in Zürich, zu dem sie damals musste..
Nach den trockenen Vorträgen war man Abends noch mit ein paar Kollegen in der Hotelbar hängen geblieben und plötzlich hatte Max vor ihr gestanden...Max, der einer ihrer Kommilitonen in Marburg gewesen war und....der sie damals Hans vorgestellt hatte.

Den ganzen Tag waren sie scheinbar aneinander vorbei gelaufen, kein Wunder bei der Masse an Leuten, aber nun stand er plötzlich da, charmant lächelnd und gut aussehend wie eh und je! Nach dem Studium hatte sie sich ein wenig aus den Augen verloren, wohl auch, weil er relativ bald ins Ausland gegangen ging...klar war auch er nun ein Mann Anfang 50, hatte aber immer noch sein volles dunkles

Haar, auf dessen Pflege er immer sehr viel Wert gelegt und auch sehr viel Zeit verwandt verwandt hatte.

Sie fielen sich in die Arme und es folgte ein Abend mit sehr vielen Erinnerungsdrinks und man schwelgte in Nostalgie... Irgendwann geht aber auch der netteste Abend mal zu Ende, er hatte sie noch zu ihrem Zimmer gebracht und dann...ja irgendwie wusste keiner von beiden mehr, wie es genau dazu gekommen war...jedenfalls hatten sie sich plötzlich in den Armen gelegen, geküsst und waren zusammen in ihrem Bett gelandet...Eigentlich war sie eine Frau, die sich immer unter Kontrolle hatte, auch unter Alkoholeinfluss...vielleicht war es ja die Bestätigungssucht einer Frau Anfang 50, die Beschwingtheit des Abends oder die Wiedersehensfreude gewesen...egal, jedenfalls war es passiert! Soweit sie sich erinnerte, war es nicht einmal besonders toll gewesen, wahrscheinlich waren sie auch viel zu betrunken dafür, aber es war passiert...Er war dann noch in der Nacht gegangen und sie hatten sich niemals wiedergesehen oder gesprochen...aber es war passiert...es war nur dieses eine Mal gewesen...aber es war passiert!

Und nun, über zwanzig Jahre später, stellte ihr der Mann, den sie liebte, diese Frage. Und instinktiv wusste sie, dass sie sich mit der Beantwortung schon zu viel Zeit gelassen hatte, als dass die Antwort eine für ihren Mann zufriedenstellende hätte sein können und irgendwie schien er dies nun langsam zu begreifen und irgendwie brachte sie nun kein Wort heraus - und dann doch...und irgendwie hatte sie dann nach einer Möglichkeit gesucht, alles zu verharmlosen...und irgendwie war es ihr nicht gelungen....!

Hans hatte dann die Würfel genommen und sie gedankenverloren von einer Hand in die andere fallen lassen...er sah sie nicht an...ganz blass und verloren saß er da, wie ein König, dem man soeben den Untergang seines Reiches verkündet hat....und sagte kein Wort! Auch sie konnte nichts sagen, ganz trocken war ihr Mund, ihre Knie zitterten und es schien, als wäre gerade ihre beider kleine Welt untergegangen!

Hans war dann ins Bett gegangen, immer noch wortlos, sie hatte noch ein wenig aufgeräumt, wusste nicht, ob sie sich dazu legen konnte, durfte...hatte es aber letztlich doch getan.

Gegen Morgen, nach einer Nacht fast ohne Schlaf, war er dann aufgestanden, hatte sich angezogen, eine kleine Reisetasche gepackt und war einfach so gegangen...

Selbstverständlich hätte man diese Reaktion nach so vielen Jahren überzogen nennen können, aber er war eben - trotz seines sehr rationalen Verstandes - immer ein Sensibelchen gewesen, leicht verletzbar...vor allem, was sie betraf! Nicht dass er sie als seinen Besitz ansah, dieses Stadium hatte es nie gegeben, aber eben dieses ungewöhnlich starke und nie nachlassende Gefühl der Einheit zwischen zwei Menschen, die sich gefunden und innerlich in den ganzen Jahren nicht einen Millimeter wieder voneinander entfernt hatten. Im Gegenteil...!

Und nun hatte sie durch ihr Schweigen, das einem Geständnis gleichkam, dieses innere Band zerschnitten, etwas Perfektes durch die Laune eines Augenblicks zerstört...

Klara hatte den Teig fertig...holte wie in Trance das Waffeleisen, die Kirschen und die Sahne....wollte es eigentlich gar nicht, denn irgendwie kam es ihr so sinnlos vor!

Nachdem das Eisen heiß geworden war, fette sie es ein und füllte mit einer kleinen Kelle etwas Teig hinein...buk die erste Waffel fertig, dann eine zweite und so fort, bis der ganze Teig aufgebraucht war...Dann brachte sie alles an den Küchentisch und deckte ihn wie immer, noch so eine automatische und nach Lage der Dinge wohl irgendwie sinnlose Handlung.

Schließlich setzte sie sich hin, auf ihren Platz, wie immer...setzte sich und weinte, konnte nicht aufhören, weinte sich die Angst von zwanzig Jahren von der Seele und konnte doch keine Erleichterung verspüren...

Dann hörte sie plötzlich, wie die Tür aufgeschlossen und eine Tasche im Flur abgestellt wurde...

Hans kam langsam in die Küche, sah immer noch sehr blass und sehr ernst aus. Er setzte sich auf den Platz, der schon immer seiner gewesen war...Er wollte etwas sagen, setzte aber wieder ab, so als suchte er nach Worten...Dann blickte er sie an: „Du hast Waffeln gemacht....wie immer?" Sie schaute auf, blickte ihn an wie ein verletztes Tier:"....Ja, wie immer.....!"
Da nahm er ihre Hand, diese Hand, die er schon so lange kannte....kannte wie seine eigene....und sie blickten sich an...mit Augen, die tief in das Innere des Anderen sehen konnten.....und dann weinten sie gemeinsam....aber dieses Weinen war irgendwie auch ein Lächeln!

Und später aßen sie noch ein paar Waffeln...!

Gespräch mit meinem Vater – ein Monolog

Ich möchte hierzu nur eines sagen: Sollten Sie das
Gefühl haben, mit einer Ihnen nahestehenden Person
ein Gespräch führen zu müssen, dann tun Sie es! Es
kann furchtbar schnell zu spät dafür sein.
Ich weiß, wovon ich rede.

Ganz schmal bist du geworden, verkrümmt und blass liegst du in diesem Krankenbett, das nun zu deinem Lebensraum geworden ist. Noch kein Jahr ist es her, seit dich dieser Blitz in deinem Kopf zu einem hilflosen Bündel Mensch gemacht hat...einfach so, als hätte das Schicksal mit dem Finger geschnippt!

Ich war noch da gewesen an diesem Tag...sollte auf dich aufpassen, weil auch die Parkinsonsche Krankheit dich schon seit Längerem fest in Ihrem unerbittlichen Griff hatte....

Mutter wollte zum Friseur und hatte Angst, du würdest wieder versuchen, irgendetwas kaputt zu reparieren!

Dabei konntest du früher alles! Hast ein ganzes Haus für uns gebaut mit deinen starken Händen und der oft nur widerwillig gewährten Unterstützung eines zwölfjährigen Knaben...alles, von der Planung bis zum letzten Nagel in der Wand...!

Es wäre dir immer ein Herzenswunsch gewesen, dass ich auch ein wenig Interesse an diesen Dingen gezeigt hätte, aber das war – zumindest damals – ein unerfüllbarer Wunsch, gerichtet an einen Sohn, der immer lieber gelesen und gespielt hat. Aber zum Glück ist dein Heimwerker-Gen dann doch noch irgendwann auch bei mir zum Vorschein gekommen und ich konnte dir zumindest in dieser Hinsicht nacheifern.

Wir haben nicht viel gesprochen an diesem Friseur-Tag, Es war einmal wieder einer der schlechteren, einer dieser Tage, an denen du immer schweigsam auf dem Sessel in deinem Zimmer gesessen und einfach nur vor dich hin geschaut hast....

Manchmal kam es mir so vor, als wärst du schon ganz weit weg von uns und ich denke, das war wohl auch so.

Eventuell hast du dich in diesen Momenten schon ein wenig auf deine Reise vorbereitet...vielleicht noch nicht die Koffer gepackt, aber dich schon einmal nach dem Ziel erkundigt...

Ja, ich glaube wirklich, dass dir an diesen Tagen schon bewusst war, dass die Familie, der du deine ganze Kraft geopfert hattest und die dein Leben war, nur eine Station gewesen ist und dass der Zug nun auf dich wartete, um dich ans wirkliche Ziel zu bringen.

Irgendwann kamst du dann zu mir ins Esszimmer, in dem ich Zeitung lesend am Tisch saß, und hast dich auf den Stuhl in der Ecke neben der Tür zum Garten gesetzt.

Meine Frage nach deinem Befinden ignorierend hast du mich nur angesehen...um dann plötzlich - und mit einer unmissverständlichen Klarheit - zu sagen: „Weißt du...das ist so kein Leben...ich will das nicht mehr...“

Und obwohl dieser Moment und dieser Satz – eben auch durch eine gewisse Endgültigkeit der Feststellung – etwas ganz Besonderes waren, fiel mir nichts Besseres ein, als mit einer der üblichen dämlichen, nichtssagenden und irgendwie auch überflüssigen Floskeln zu antworten: „Ach Papa, das wird schon...wir werden eben alle älter....“

Ich war dann auch erleichtert, dass Mama in diesem Moment frisch gestylt zurückkam, um dich wieder in ihre Obhut zu nehmen...und dann bin ich gegangen, nicht ahnend, dass diese Worte, die wir gewechselt hatten, unseren letzten Dialog repräsentierten!

Vielleicht hätte ich bleiben sollen, vielleicht hätte Mutti gleich anrufen sollen, als du nach dem Mittagsschlaf nicht aufstehen wolltest...konntest...aber durch „vielleicht“ und „hätte ich doch...“ konnte man noch nie etwas rückgängig machen!

Und dann kamst du endlich ins Krankenhaus und dann war es natürlich viel zu spät und dann konntest du dich nicht mehr verständlich machen und dann saß ich neben dir auf der Intensivstation und dann sahst du mich aus vor Angst geweiteten Augen an und hasst ganz fest meine Hand gehalten und dann,,,und dann....und dann ....hast du dich nie wieder davon erholt und bist nach einem schier endlosen Hin und Her nun endgültig hier gelandet...!

Eigentlich ist aber völlig egal, wo du liegst...bist ja nicht mehr hier...hast dich in irgendeine Ecke deines Kopfes verkrochen und schmunzelst wahrscheinlich über uns...mit deinem trockenen Humor, der schon fast englisch zu nennen ist...war...! Hast ja nie so gerne geredet -legendär dein Telefonsatz, der bei jedem unserer Anrufe spätestens nach einer Minute kam: „Ich geb dir mal Mutti!" - außer, wenn Alkohol im Spiel war, dann konntest du auch schon einmal recht lange den Alleinunterhalter spielen!

Aber sonst hast du lieber zugehört und irgendwann, wenn keiner damit gerechnet hat...Wamm...kam irgendetwas aus der Hüfte! Vielleicht also ist dies also jetzt sogar so eine Art Idealzustand für dich...nicht mehr reden zu müssen?

Ich denke, falls dich überhaupt noch etwas stört, dann der Umstand, dass du nicht mehr aktiv essen kannst, denn das war etwas, was dir bis zum Schluss immer noch größten Spaß gemacht hat...und natürlich möglichst fett! Dazu dann noch ein Schluck Bier.... Jetzt hat man dir einen Schlauch in den Magen gestopft, der dich den ganzen Tag über mit einem grauen Nährbrei und Kochsalzlösung versorgt...das kann nicht in deinem Sinne sein! Habe letztens mit einer Pflegerin gefrotzelt, dass man doch da wenigstens ein bisschen Bier beimischen könnte...mit einem Kotelett und Bratkartoffeln wäre das sicher schwieriger!

Letztens haben sie dir sogar die Haare geschnitten – welch ein Frevel – wo du doch immer so stolz auf deine Haare warst, die zwar zuletzt doch schon recht schütter geworden, aber immerhin noch zahlreicher sind, als bei mir.

Also ich finde ja, es sieht jetzt ordentlicher aus...auch so ein Satz, der vor vielen Jahren dann eher umgekehrt gefallen wäre...so ändern sich die Zeiten!

Obwohl meine Haare dich wohl eher noch am wenigsten gestört haben...irgendwie habe ich es ja nur selten geschafft, dich mal stolz zu machen...und wenn, hast du es mir nie selbst gesagt...habe es

dann höchstens durch Mutti erfahren..irgendwann....wir sind eben doch zu verschieden!
Du, der unerschütterliche, zuverlässige Familienmensch, der uns durch finstere Zeiten geführt hat und sich stets alles hart erarbeiten musste...und ich, der ich zumindest in der Jugend nur auf Vergnügen bedacht war und der bei allem Mist, den er verzapfte, letztendlich doch immer Glück gehabt hat...konntest nie verstehen, dass ich mit Jobs viel Geld verdient habe, die mir irgendwie so zugefallen sind...und ohne je viel dafür zu tun!

Gefühle waren sowieso nie dein Ding...eher peinlich...zumindest deinen Söhnen gegenüber!

Umarmungen fanden zwar gelegentlich statt, aber eher so, wie zwischen zwei Staatsmännern – nur ohne Bruderkuss.
Und auch ich habe bis jetzt, bis heute, Probleme damit, dich anzufassen...man fasst seinen Vater nicht so einfach an...jedenfalls ich nicht!
Aber ich habe es doch getan heute, habe deine Hand genommen, habe deine Stirn gestreichelt, wohl weil du dich nicht mehr wehren kannst... und war irgendwie ein wenig erstaunt, wie warm du dich anfühlst...weiß aber eigentlich auch nicht richtig, was ich sonst erwartet hatte...!

Warum haben wir es eigentlich nie geschafft, uns einmal längere Zeit einfach so zu unterhalten? Warum war die Situation, wenn sie denn überhaupt einmal stattfand, immer so etwas unangenehm und fühlte sich irgendwie gezwungen an...oder war das nur für mich so? Nein, ich glaube nicht...! Eventuell ist das ja zwischen Vater und Sohn, dem alten und dem jungen Löwen, so vorprogrammiert...weil beide immer auf der Lauer voreinander liegen...bis irgendwann eben zwangsläufig der Kampf um die Vorherrschaft im Rudel stattfinden muss..

Tja, unser Kampf muss nun wohl ausfallen, Papi, ich könnte heulen, wenn ich dich da so hilflos liegen sehe...und ehrlich gesagt tue ich das auch...Du hast das einfach nicht verdient, aber wer hat das schon! Das Schicksal fragt eben nicht danach, ob du dein Leben als Musterehemann und Vater oder als egoistisches Arschloch gelebt hast, es schlägt einfach wahllos zu...einfach so, Schnipp!

Ich muss jetzt gehen, muss dich alleine lassen hier...in die Welt raus gehen, die noch einmal zu sehen, dir wohl für immer verwehrt sein wird. Ich gehe und nehme wie immer ein Stückchen von dir mit...ein Stückchen von jenem Gefühl, das wir uns nie gezeigt haben...ich nehme es mir jetzt einfach...wie gesagt, du kannst dich ja nicht mehr dagegen wehren....Ich liebe dich!

Mein Vater verstarb am 09. September 2012 in den frühen Morgenstunden.

ICH KANN AUCH PORNO

Ich will nichts hören! Ich wollte auch so was mal schreiben!

Luxusdinner

Erstens ist Sex für mich sowieso das Tollste, was es gibt – noch vor Schweinekrustenbraten mit Knödeln und Sauerkraut und zweitens: Sex sells! Ob die Geschichte passiert ist? Das überlasse ich Ihrer Fantasie!

Gabi stand gerade in der Küche, um das gemeinsame Abendessen zuzubereiten, als sie hörte, wie die Haustür aufgeschlossen wurde.

„Hi Schatz, bin da…Hmmm, riecht aber guuuuut….! „Ist auch gleich fertig, Engelchen…Dann können wir gleich essen…" Aus den Augenwinkeln konnte sie sehen, wie ihr Mann in die Küche trat.

Michael stellte sich hinter sie und sie spürte seinen warmen Atem in ihrem Nacken, als er seine Arme um sie legte und zärtlich mit seinen Lippen an ihren Härchen zupfte…

„Weißt du was", flüsterte er, „Du duftest noch besser als dein Essen…!

Sie spürte, wie seine Hände unter ihr T-Shirt glitten….Sie trug keinen BH, da sie kurz vorher geduscht und danach nur schnell das Shirt übergeworfen hatte, sodass seine fordernden Hände direkt auf ihren weichen Brüsten landeten… Er nahm ihre beiden Nippel jeweils zwischen Daumen und Zeigefinger liebkoste sie so, dass sie ganz hart und prall wurden…Sein Atem wurde schneller und lauter…

Gabi erschauerte und genoss diese Berührungen…Sie merkte, wie sich der Reiz an ihren harten Brustwarzen nach unten fortsetzte, bis sie dieses geile Ziehen zwischen ihren Schenkeln spürte…

So fest sie konnte presste sie sich rückwärts gegen Michaels Körper und registrierte seinen mittlerweile hart gewordenen Schwanz in ihrem Rücken…"Bitte hör nicht auf", sagte leise stöhnend, „mach weiter…!

Michaels rechte Hand glitt unter dem Shirt hervor und suchte ein neues Betätigungsfeld, dass sie dann auch unter dem kurzen Röckchen fand, dass Gabi nur selten trug…Mit leicht zitternder Hand griff er zwischen ihre Beine und massierte gekonnt ihre immer feuchter werdende Liebesgrotte…

Ihr wurden die Knie weich, aber er hielt sie fest und beide Hände setzten ihre intensive Tätigkeit fort…"Weißt du was", keuchte sie, „das Essen kann man auch aufwärmen….."

Wortlos hob Michael sie hoch, trug sie zum noch leeren Küchentisch…..Dann ging er auf die Knie, schob ihr das Röckchen nach oben und zog ihr das Höschen aus…Er legte ihre Beine über seine Schultern, presste seine Lippen auf ihre nasse Vagina und umkreiste mit seiner Zunge ihren geschwollenen Kitzler....Laut aufstöhnend bog sie ihm ihren Unterleib entgegen..."

Wenn du aufhörst, bringe ich dich um", presste sie zwischen den Lippen hervor...Seine Zunge wurde schneller, drang auch in ihre Muschi ein...sie presste ihre Schenkel an seinen Kopf und merkte, wie es ihr kam..."Oh ja gut, gut...Oh ja gut....", keuchte sie und Michael genoss ihren Saft, der in einem plötzlichen Schwall sein Gesicht benetzte...

Er stand auf, öffnete seine Hose und entblößte sein Glied, dass mittlerweile so hart geworden war, dass es fast schmerzte...dann legte er ihre Unterschenkel über seine Schultern und drang hart in sie ein....Gabi genoss diese Penetration, diese Eroberung ihrer heiligen Halle und passte sich seinem Rhythmus an...mal hart, mal weich und zärtlich stieß er zu, immer und immer wieder...er schob ihr das Shirt nach oben und massierte ihre Brüste....ihre Nippel...Nun keuchte auch er...er merkte, dass er sich nicht länger würde zurückhalten können..."Komm mein Schatz...zusammen, Oh ja, lass uns zusammen kommen..." Auch Gabi merkte, wie sich bei ihr ein Druck aufbaute...von ganz tief unten, wie eine Fontäne, die man nicht zurückhalten kann...und dann, nach einem letzten kräftigen Stoß, krallten sie sich beide in die Schultern des Anderen fest und - mit einem wundervollen Timing – erzitterten sie beide in einem Orgasmus, der sie wie eine Welle überrollte....!

Keuchend legte Michael seinen Kopf zwischen ihre Brüste und Gabi spürte, wie sein Schweiß sich mit ihrem vermischte..."Das, das war megageil", keuchte Michael, „du bist meine Göttin...!"

Gabi richtete sich auf und schob ihn sanft von sich. „Sooo, mein Schatz", sagte sie und lächelte ihn auf ihre unnachahmliche Art an, „wir hatten eine Vorspeise, eine Hauptspeise...fehlt noch ein kleiner Nachtisch!" „Hey, langsam junge Frau..." „Nichts da, lass mich nur machen!" Sie ging auf die Knie und nahm sein erschlafftes Glied in ihre beiden Hände.

Mit kundigen Bewegungen massierte sie seine Eier und begann, wie ein Kätzchen an seinem Penis zu schlecken...Michael spürte, wie er schon wieder geil wurde... Wer konnte dieser Frau auch widerstehen? „Leg dich hin", flüsterte sie und drückte ihn auf den Boden.

Dann nahm sie seinen mittlerweile wieder zu voller Pracht erstarkten Schwanz in die rechte Hand, stellte sich breitbeinig über ihn, ging leicht in die Hocke und führte ihn sich ein...Sie ging auf die Knie und begann ganz zart und langsam auf ihm hoch und runter zu gleiten...sie masturbierte praktisch mit dem Penis ihrer Mannes, mal schneller, stärker, dann wieder langsam und zärtlich...

Fast zehn Minuten ging dieses Spiel und es baute sich bei beiden wieder ein schier unerträglicher Druck auf...Dann merkte Michael, dass sie kurz davor stand und begann sie mit kreisenden Bewegungen seines Unterkörpers zu unterstützen...Sie riss die Augen auf leckte sich über die Lippen und dann, fast verzweifelt, kam sie noch einmal wie ein Tornado, immer wieder, drei, vier Höhepunkte hintereinander und beim Letzten spritzte Michael ihr noch einmal alles, was er noch übrig hatte in ihr pulsierendes, gieriges, nasses Loch....!

Ermattet sank sie auf ihn nieder und kuschelte sich an seine behaarte Brust...“Mein Gott, war das irre!" sagten beide fast gleichzeitig! Sie sahen sich in die Augen und in beiden machte sich ein unsagbar schönes Gefühl des Glücks, der Vertrautheit und einer tiefen, aus dem Grunde des Herzens stammenden Liebe breit...!

Michael lächelte:“Essen wird überbewertet", sagte er leise, „es gibt Wichtigeres. Er sah seine Frau, sein Gabilein, liebevoll an, nahm ihren Kopf in beide Hände und küsste sie innig!

Gabi lächelte verschmitzt. „Das mag stimmen", sagte sie, „aber damit mein Engel für solche Eskapaden bei Kräften bleibt, werde ich das Essen nachher doch noch einmal wärmen! Aber erst nachher....“und sie verschloss seinen Mund mit einem zärtlichen Kuss!

ICH KANN AUCH DICHTEN

...und sogar reimen! Eigentlich hat so die ganze Schreiberei sogar angefangen!

JUGENDLIEBE

Dreimal dürfen Sie raten, für wen ich dieses Gedicht geschrieben habe, das auch auf einem wahren Ereignis beruht...vor fast 30 Jahren.
Ja, richtig! War ja aber auch nicht sehr schwer, oder?
Hat sie mir übrigens nie wirklich geglaubt!

Ich geh' durch uns're stillen Straßen
denk' an die Vergangenheit
hier sind keine Menschenmassen
keine Seele weit und breit

Es ist wieder einmal Frühling,
ein schöner Sonnentag im Mai
ich denk' daran, wie alles anfing
und komm' an Eurem Haus vorbei!

Ich seh' dich dort im Garten sitzen,
du spielst mit einem kleinen Kind,
auch „Er" steht dort, er scheint zu schwitzen,
drei Menschen, die wohl glücklich sind!

Ich hab mich lang' herum getrieben
und fremde Länder angeschaut,
ich wäre besser hier geblieben
und hätte dir ein Haus gebaut!

<u>Bodensee</u>

Was soll das heißen ich hätte einen etwas kranken Humor? Gedichte müssen ja nicht immer langweilig sein, oder?

Ein Schwimmer schwimmt im Bodensee
von unten ich die Hoden seh'
denn ich bin eine Leiche
und schon 'ne ziemlich weiche

Ich lieg hier schon seit Januar
als alles zugefroren war
da lief ich auf dem Eise
in ungestümer Weise

Es brach das Eis und ich hinein
und dachte noch: „Das kann nicht sein"
Dann ging es immer munter
bis auf den Grund hinunter

Doch nun ist es ganz warm geworden
es wimmelt hier von Schwimmerhorden
und ich komm jetzt nach oben
von Gasen angeschoben

Da werden sie jetzt Freude kriegen
seh'n sie mich auf dem Wasser liegen
doch dieses lässt mich kalt
so sind wir Leichen halt!

<u>Kein Gedicht</u>

Auch schon uralt...mindestens 25 Jahre...wie doch die Zeit vergeht

Ich sitze hier an meinem Tisch, um ein Gedicht zu schreiben,
doch die Gedanken fliehen mich, kein einziger will bleiben!
Ich komm' nicht drauf, woran es liegt, vielleicht am schlechten
Wetter,
drum denke ich an dein Gesicht, das ist ja auch viel netter!

An manchen Tagen fließen mir die Reime aus der Feder,
so leicht, dass mancher denken möchte: „Ach Mensch, das kann ja
jeder!"
Manchmal bilden die Verse sich fast ganz von alleine,
doch heute, nein, da klappt es nicht, ich denk an deine Beine!

Ich hab' auch Durst, vielleicht ist's das, warum es heut' nicht geht,
Ich gehe zum Getränkeschrank, wo manches Fläschchen steht!
Ich greif mir aufs Geratewohl ein kühles dunkles Bier
Ich setz' mich hin und denke nun, auch an den Rest von dir!

<u>TROSTGEDICHT</u>

**Ja, war auch für und an sie.....und hatte damals auch einen aktuellen Anlass...ich habe ja schon gesagt, das Leben bietet einem die besten Stoffe.
Man muss sie eben nur zu Papier bringen...**

Manchmal glaubt man, dass das Leben
einen nicht mehr leiden mag!
Es scheint nur noch Stress zu geben
Schicksalsschläge jeden Tag!

Ob der Kaffee aus der Tasse
auf den Boden sich ergießt
oder ob die Kuchenmasse
munter in den Ofen fließt

Und der Schlüssel ist verschwunden
weg die ganzen Unterlagen
keiner hat sie mehr gefunden
keinen kannst du danach fragen

Aber plötzlich und verstohlen
ist das Glück zurückgekehrt
schlich sich rein auf leisen Sohlen
hat die Sorgen abgewehrt

Jetzt kommen die Sonnentage
weil das Leben halt so ist
und – das steht wohl außer Frage -
weil du was Besond' res bist!

Geht doch

Ich glaube, ich hatte schon erwähnt, dass ich sehr vieles hier im Sommer 2012 im netten Ambiente eines Schwimmvereins und - bades geschrieben habe. So etwas kommt dann dabei raus!

Ich liege hier im Sonnenschein, so wie ich oft gelegen,
es fiele mir im Traum nicht ein, mich einmal zu bewegen
das süße Nichtstun füllt mich aus, bin da die Koryphäe
kann nicht aus meiner Haut heraus, wozu ich aber stehe

Es mag ja jeder ganz für sich, sein Leben anders lenken
ich hab entschieden nur für mich, nicht mehr an Stress zu denken,
Ich lass das Leben Leben sein, freu' mich an schönen Dingen
ergötze mich an Träumerein, an Tanzen, Dichten, Singen

Das Leben ist doch viel zu kurz, um Sorgen sich zu machen,
die ganzen Ängste sind mir schnurz, ich lass es lieber krachen,
na klar, ich habe nicht viel Geld, doch Geld ist nicht das Leben,
denn ich kann so der ganzen Welt, dieses Gedicht hier geben!

Völlig sinnfreies Gedicht über betagte Beamte, die in einem schlecht beheizten Raum lieber mit mit infantilen Spielchen die Zeit totschlagen, statt sich ihrer eigentlichen Arbeit zu widmen und bei dem die Überschrift mehr als doppelt so viele Worte enthält, als das Gedicht selbst, was natürlich kompletter Quatsch ist

Ja, das ist wirklich der Titel. Wenn ich es nicht besser wüsste, würde ich vermuten, zu diesem Zeitpunkt völlig besoffen gewesen zu sein!

Was soll ich von den Alten halten
die hier drin im Kalten walten
und Papier zu Spalten falten
statt das Verwalten zu gestalten

UNSERE ZEIT

Ja, schon okay! Ich, oder besser iiiich habe ein
Weihnachtsgedicht geschrieben. Ausgerechnet! Wo
ich doch damit so was von gar nichts ....aber es ist ja
auch ein wenig anders...naja, eigentlich nicht...ist
aber auch völlig egal!

Wenn das Jahr zur Neige geht und es kälter wird auf Erden
Überall schon „Weihnacht" steht, die Geschäfte festlich werden,
Dann beginnt für mich die Zeit, wo ich etwas in mich gehe
Und mich frage - inwieweit - ich für uns noch Hoffnung sehe

Alles ist so schnell geworden, keiner hat mehr richtig Zeit
Läden, die fast überborden, doch ohne Gemütlichkeit
Unser Leben ist vernetzt, uns're Kinder ohne Spiel
Überall wird nur gehetzt, manchmal wird es fast zu viel

Lasst uns doch in diesen Tagen auch auf Andere besinnen
Jemandem mal Danke sagen, eine Freundschaft neu beginnen
Lasst uns etwas Wärme geben, dort wo sonst nur Kälte ist
Nach etwas mehr Liebe streben, was man sonst sehr oft vergisst

Dann kann ich noch Hoffnung sehen, für uns alle hier auf Erden
Wenn wir eng zusammenstehen, wieder eine Einheit werden
Weihnachtszeit ist uns're Zeit und ich möchte jedem sagen
Nutze sie und sei bereit, sie in jedes Herz zu tragen

ABSCHIED

Ja, ein Abschied im doppelten Sinne, einmal von
diesem Buch, obwohl noch ein sehr langes Nachwort
folgt, das vieles noch einmal erläutern wird - aber
auch ein Abschied von meiner kleinen Muse, die
dieses Gedicht noch nicht kennt, wohl aber die
Situation, nach der es entstanden ist.
Denn leider, liebe Leser, haben nicht alle
Geschichten, die das Leben schreibt, ein Happy End.

Du sitzt mir gegenüber,
klein, stumm und tränenvoll
Ich schau zu dir hinüber
und weiß nicht, was das soll.

Wir haben viel gesprochen
die ganzen Tage schon
doch etwas ist zerbrochen
seit ich mit dir hier wohn'

Wie oft schon saßen wir
an diesem trauten Ort
bei Essen, Wein und Bier
doch nun muss ich wohl fort

Ich möcht' dich etwas fragen
den Funken Hoffnung seh'n
und könnt' ihn nicht ertragen
den Satz: Du musst nun geh'n

Du willst ihn auch nicht sagen
den allerletzten Satz
doch deine Augen fragen
wo führt das hin, mein Schatz?

Ich schau dich an und merke
nun ist es wohl soweit
es ist nicht uns're Stärke
das Glücklichsein zu zweit

Ich fühl' mich wie im Traum
und stehe langsam auf
verlasse diesen Raum
du nimmst es still in Kauf

Ich geh durch deine Tür
ein allerletztes Mal
du konntest nichts dafür
aus Liebe wurde Qual

Ich schau noch mal zurück
und schließ' die Pforte zu
hier lebte einst das Glück
und dieses Glück warst du

NACHWORT

So, das war es also! Sie haben erkannt, dass ich eigentlich nur versucht habe, Ihnen zu einem völlig überteuerten Preis meine mittelmäßigen Kurzgeschichten und Gedichte zu verkaufen und mit dem Nichtleser - Gedanken einen guten Aufhänger, quasi eine Mogelpackung kreiert habe, in der ich sie verstecken konnte … jetzt haben Sie sie gelesen und ich bin stinkreich dabei geworden.

Gutes Gefühl … ich war schon immer etwas skrupellos in solchen Dingen! Ich habe einmal als Heranwachsender meinen kleinen Bruder gefesselt und ihm so lange Gedichte von mir vorgelesen, bis er mir leise wimmernd sein Taschengeld auf Lebenszeit versprochen hat!
Das war dann mein erster kommerzieller literarischer Erfolg!
Dummerweise hat er aber gepetzt und damit meinen Vater als Kritiker auf den Plan gerufen, der dann auch handfeste Kritik geübt hat. Nicht an meinen Gedichten, aber an meiner Marketingstrategie!
Etwas weniger handfest hätte es aber auch getan….!

Aber das nur nebenbei. Es ist außerdem erfunden, weil ich nämlich ein durch und durch lieber Mensch bin und so etwas nie tun würde … Fragen Sie meinen Bruder, wenn er von seinem Seelenklempner kommt, der ihn wegen eines traumatischen Erlebnisses in seiner Kindheit behandelt …!

Und was hat es nun mit Christel auf sich ... warum widme ich ihr dieses Buch und warum kommt sie sooft darin vor?
Ich glaube, die meisten von uns haben in Ihrem Leben schon Menschen getroffen, die Ihnen irgendwie nie ganz aus dem Gedächtnis verschwunden sind, selbst wenn Sie sie Jahre oder Jahrzehnte aus den Augen verloren haben. Das mag an gemeinsamen Erlebnissen oder Freunden liegen, oft aber eben auch einfach an diesen Menschen selbst.
Christel habe ich das erste Mal gesehen, als ich 14 war und sie 12!
Und dann war da etwa 2 Jahre später so eine zarte Teenager-Lovestory, die leider nicht sehr lange anhielt.....Da wir aber beide damals in der gleichen Jugendgruppe waren, hat man sich automatisch immer wieder getroffen...und bei gemeinsamen Fahrten

prallten wir auch regelmäßig immer wieder zusammen...aber eben auch nur für die Dauer der Fahrt!

Und das hat bei mir wohl so das Gefühl einer "offenen Baustelle" hinterlassen...und sie mir immer wieder ins Gedächtnis gerufen.

Tja...und fast vierzig Jahre später haben wir uns dann über ein sogenanntes "social network" und einen absoluten Zufall wieder gefunden...und dieser Zufall wurde noch zufälliger durch die Tatsache, dass wir auch beide zu dieser Zeit in unglücklicher Partnerschaft b.z.w. Ehe lebten....der Rest bestand aus Beharrlichkeit, Zeitaufwand und einem schnellen Auto...weil ich zu dieser Zeit fast 500km von ihr weg wohnte...

Aber - leider führten äußere und innere Umstände dazu, dass es auf Dauer doch nicht funktioniert hat...irgendwie...
Trotzdem sind in dieser Zeit viele dieser Storys und Gedichte entstanden! Erstens, weil Christel mir deutlich gemacht hat, dass sie ein gewisses Talent in mir schlummern sieht, welches ich bisher sträflich vernachlässigt habe und zweitens, weil sie mir auch selbst genug Stoff geliefert hat, mal durch den Kummer und die Probleme, die sie hat und hatte, mal durch ihre immer freundliche, lustige und liebenswerte Art, mit denen sie eben diesen Problemen immer und immer wieder entgegen getreten ist.

Und sollte sich irgendwann noch einmal etwas ändern, dann schreibe ich eben noch ein Buch!

Und es ist mir ziemlich egal, ob Sie das jetzt als Versprechen, oder als Drohung auffassen!

© by Dieter Reinke, Ludwigshafen, d. 07.11.2012

Herstellung und Verlag:
BoD – Books on Demand, Norderstedt
ISBN 978-3-8482-5284-8